目錄

上部：未成功的破壞

目錄

下部：冰冷冷的接吻

目錄

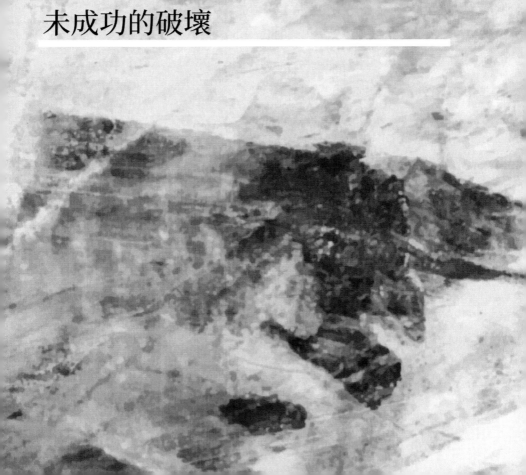

上部：
未成功的破壞

第一　秋夜的酒意

　　悽慘寒切的秋夜，時候已經在十一點鐘以後了。繁華的滬埠的 S 字路上，人們是一個個地少去了他們的影子。晚間有西風，微微地；但一種新秋的涼意，卻正如剛磨快的鋼刀，加到為夏汗所流的疲乏了的皮膚上，已不禁要凜凜然作戰了。何況地面還要滑倒了兩腳；水門汀的地面，受著下午四時的一陣小雨的洗滌之後，竟如關外久經嚴冬的厚冰到陽春二三月而將開凍的樣子。空間雖然有著沐浴後的清淨呵，但悽慘寒切的秋夜，終成一個悽慘寒切的秋夜呀！在街燈的指揮之下，所謂人間的美麗，恰如戰後的殘景，一切似被恐嚇到變出死色的臉來。

　　一個青年，形容憔悴的，年紀約二十三四歲，亂髮滿蓋頭上。這時正緊蹙著兩眉，咬堅他的牙齒，一步一步地重且快，在這 S 字路上走。他兩眼閃著一種綠色的光芒，鼻孔沉沉地呼吸著，兩手握著拳，腳踏在地上很重，是使地面起了破裂的回聲。被身子所鼓激的風浪，在夜之空間猛烈地環繞著。總之，他這時很像馬力十足的火車，向最後一站開去。

　　他衣服穿的很少；一套斜紋的小衫褲之外，就是一件青灰色的愛國布長衫。但他非特不感到冷，而且還有一種蓬蓬勃勃的熱氣，從他的周身的百千萬毛孔中透出來。似在夏午的烈日下，一片焦土中，背受著陽光的曝炙；還有一種汗痛的侵襲，

隱隱地。但有誰知道他這時腦內的漩渦，泛濫到怎樣為止呢？

我為什麼要在這樣深夜的冷街上跑？

我為什麼呵？這個沒眼睛的大蠢物！

人們都藏進他自己的身子在繡被中，

但我卻正在黑暗之大神的懷中掙扎。

我將要痛快地破壞這存在中的一切，

唉，我並要毀滅我自己靈肉之所有；

世界的火災呵，一群惡的到了末日，

人類呀，永遠不自覺的獸性的你們！

他的兩唇顫動著，他的神經是興奮而模糊地。他覺著什麼都在動搖；街，房屋，小樹；地也浮動起來。他不住地向前走，他極力感到憎惡；好像什麼都是他的仇敵。同時他又念了：

這樣的夜有何用？

開槍罷！開槍罷！

敵人！敵人！

殘暴者把持所有，

這是怎樣的一個時代呀？

走不到半里，他無意識的將他的拳頭舉起，像要向前打去了。一邊他又半吞半吐地咒道：

勾引，拖拉，嘲笑，詈罵；

四周是怎樣地黑暗呵！

夜之勢力的洶湧與澎湃，

我明白地體驗著了。

但誰願做奴隸的死囚？

榮耀的死等待著！

出發罷！向前進行！

這是最後的動作。

他的本身簡直成了狂風暴雨。一種不能制止的猛力，向四周衝激；他走去，空氣也為他而微微沸熱了。一時，他立住，頭似被什麼東西重重地一擊；精神震撼著，恍惚，他又抬起眼來；—— 天空是漆黑的，星光沒有半絲的蹤跡；宇宙，好像是一座大墓。但他並不是找尋星月，他也沒有這樣的閒心意。空際似落下極酸的淚來，滴到他的額角，他不覺擦了擦他自己的眼睛，仍向前跑了。

這時，在他的身後，出現四位青衿。從他們索索的走衣聲聽來，很可以知道他們之間有一種緊張，急迫，高潮的關係。當他們可以在街燈下辨別出前面跑著的影子是誰的時，他們就寬鬆一些，安慰一些，同時也就沉寂一些，腳步放輕一些了。

「前面？」

「前面。」

「是呀。」

「叫一聲他嗎？」

「不要罷。」

這樣陸續發了幾句簡單之音以後，又靜寂走了幾分鐘，一

位說，

「雨來了，已有幾點滴到我的面上了。」

「是，天氣也冷的異樣呵！」

另一位緩而慨嘆的回答，但以後就再沒有聲音了。四個注意力重又集中到前面的他的變異上。前面的人又想道：

將開始我新的自由了！

一個理想的名詞，

包含著一個偉大的目的；

至尊極貴的偉大喲，

任我翱翔與歌唱。

──　努力，努力，

你們跟我來罷！

朱勝韞的變態，是顯而易見的了。近兩三日來的狂飲，和說話時的帶著譏諷，注意力的散漫，都是使這幾位朋友非常的憂慮。神經錯亂了，判斷力與感情都任著衝動，一切行為放縱著。實在，他似到了一個自由的世界，開始他新的自由了。但有意無意間，卻常吐出幾句真正不能抑遏的悲語；心為一種不能包含的煩惱所漲破，這又使他的好友們代受著焦急。星期六的晚上，他們隨便地吃了晚餐以後，在八點鐘，李子清想消除朋友的胸中的苦悶，再請他們去喝酒。他們吃過魚了，也吃過肉了，酒不住地一杯一杯往喉下送，個個的臉色紅潤了。話開始了，滔滔地開始了：人生觀，國內外新聞，所努力的工作，

家庭的範圍。清說著，他們也說著，一個個起勁地說著。但翽卻一句也不說，半句也不說，低頭，努想著。時間一分一分地過去了，翽卻總想他自己所有的：—— 想他所有的過去，想他所有的眼前，並想他所有的將來。唉！詛咒開始了，悲劇一般的開始了。他想著，他深深地想著。一邊他懷疑起來了，慚愧起來了，而且憤恨起來了。壁上的鐘是報告十一時已經到了，他卻手裡還捻著一隻酒杯，幻想他自己的醜與怨。正當他朋友們一陣笑聲之後，他卻不拿這滿滿的一杯酒向口邊飲，他卻高高地將它舉起，又使勁地將它擲在地上了！砰的一聲，酒與杯撒滿一地。朋友們個個驚駭，個個變了臉色，睜圓他們的眼睛，注視著他和地。一邊，聽他苦笑說，「我究竟為著什麼呀！？」一邊，看他站起來，跑了，飛也似的向門外跑去。

這時，S 字路將走完了，他彎進到 M 二里，又向一家後門推進；跑上一條窄狹而黑暗的二十餘級的樓梯，照著從前樓門縫裡映射出來的燈光，再轉彎跑進到一間漆黑的亭子間。房內的空氣似磨濃的墨汁似的，重而黏冷。他脫了外面的衣衫，隨被吞蝕在一張床上，蒙著被睡了。

四位朋友也立刻趕到，輕輕地偵探似的走進去。四人的肩膀互撞，手互相牽摸，這樣他們也就擠滿了這一間小屋。

有一位向他自己的衣袋裡掏取一盒火柴，抽一根擦著，點著桌上那枝未燃完的洋蠟，屋也就發出幽弱的光亮來。棺材式的亭子間，和幾件舊而笨重的床桌與廢紙，一齊閃爍起苦皺的

眉頭的臉了。牆邊是一張床，它占全屋子的二分之一，是一個
重要的腳色；這時，我們的青年主公正睡著。床前是一張長狹
的臺桌，它的長度等於那張床子；它倆是平行的，假如床邊坐
著三個人，他們可以有同一的姿勢俯在臺桌上寫字了。他們中
的一位坐在桌的那端，伸直他的細長的頭頸，一動不動，似正
在推求什麼案子的結論一樣。一位立在床邊，就是李子清，他
是一個面貌清秀，兩眼含著慧光，常常表現著半愁思的青年。
一位則用兩手掩住兩耳，坐在桌的這端，靠著桌上。一時，他
似睡去了，微醉地睡去了；但一時又伸出他的手來拿去桌上的
鏽鋼筆，浸入已涸燥了的墨水瓶中，再在舊報紙上亂劃著。還
有一位是拌著手靠在門邊，他似沒有立足的餘地了，但還是挺
著身子站在那裡。這樣，顯示著死人的面色的牆壁與天花板，
是緊緊地包圍著他們，而且用了無數的冷酷的眼，窺視這一幕。

　　窗外，裝滿了淒涼與嚴肅的交流，沒有一絲樂快之影的跳
動。寒氣時時撲進房裡來，燭光搖閃著，油一層層地發散。冷
寂與悲涼，似要將這夜延長到不可轉不可知的無限。四人各有
他們自己的表情，一種深的孤立的酸味，在各人的舌頭上嘗試
著，他們並不曾互相注意，只是互相聯鎖著同一的枷梏，彷彿
他們被沉到無底的深淵中，又彷彿被裝到極原始的荒涼的海島
上去一樣。迷醉呀，四周的半模糊的情調。不清不楚的心，動
盪起了遼闊而無邊際的感慨，似靜聽著夜海的波濤而嗚咽了！

　　許久許久，他們沒有說一句話。有時，一個想說了，兩唇

間似要衝出聲音來；但不知怎樣，聲音又往肚裡吞下去了。因此，說話的材料漸漸地更遺失去；似乎什麼都到了最後之最後，用不著開口一般，只要各人自己的炮心感受著，用各人不同的姿勢表示出來就完了。

夜究竟能有多少長呢？靠在門邊的一個，他的身體漸漸地左傾，像要跌倒一下，他說了出來，

「什麼時候了？」

「一點一刻。」

這端桌邊的一位慢慢地回答他一下，同時看了一看他的手錶。

「清哥，怎樣？」那人輕問著。

「你們回去罷，我呢，要陪豳隨便地過一夜。」

清的聲音低弱。

這樣，第二重靜寂又開始了。各人的隱隱的心似乎更想到，——明天，以後，屋外，遼遠的邊境。但誰也不曾動一動，誰也還是依照原樣繼續。這是怎樣的一個夜呵！

忽然間，豳掀動了，昂起他的頭向他們一個個看了一下，像老鷹的惡毒的眼看地下的小雞一樣。於是他們也奇怪了，增加各人表情的強度。他們想問，而他搶著先開口道，做著他的苦臉，

「你們還在這裡麼？這不是夢呀，真辛苦了你們！」接著換了他一鼻孔氣，「我的身體一接觸床就會睡去，我真是一隻蠢笨

的動物！但太勞苦你們了，要如此的守望。你們若以為我還沒有死去，你們快請回寓罷！」

聲音如破碎的鑼一樣，說完，便又睡倒。

這樣，「走，」頸細長的青年開口，而且趁勢立了起來。他本早有把握，這樣無言的嚴澀的看守，是不能使酒的微醉和心潮的狂熱相消滅的。「順從是最大的寬慰，還是給他一個自由罷！」他接著說，鎮靜而肯定的口吻。於是門邊的一個也低而模糊的問，

「清哥，你怎麼樣？」

「我想……」清又蹙了一蹙眉，說不出話。

「回去。」決定者動了他的兩腳，於是他們從不順利中，用疲倦的目光互相關照一下，不得已地走動了。他們看了一看房的四壁，清還更輕輕地關攏兩扇玻璃窗，無聲的通過，他們走了。一邊又吹熄將完的燭光，一邊又將房門掩好；似如此，平安就關進在房內。躡著各人的腳步，走下樓去。

走出了屋外，迎面就是一陣冷氣，各人的身微顫著。但誰的心裡都寬鬆了，一個就開了他自然的口說道，

「他的確有些變態了，你看他說話時的眼睛麼？」

「是呀，」清說，一邊又轉臉向頸細長的那位青年問道，「葉偉，你看他這樣怎麼好呢？」

「實在沒有法子，他現在一來就動火，叫我們說不得話。」

「今夜也因他酒太喝醉了，」另一位插嘴，「他想借酒來消滅

他的苦悶，結果正以酒力增加他的苦悶了。」

「他哪裡有醉呢，」清說，「這都是任性使他的危險，我們不能不代他留意著。」

腳步不斷地進行，心意不斷地轉換。一位又問，

「C 社書記的職，真辭了麼？」

「辭了，」清說，「一星期前就辭了。但他事前並沒有和我商量，事後也沒有告訴過我，我還是前天 N 君向我說起，我才知道的。」

「什麼意思呢？」又一位問。

「誰知道。不過他卻向我說過一句話，── 他要離開此地了。我也找不到他是什麼意思。實在，他心境太惡劣了。」

清用著和婉而憂慮的口吻說著又靜寂一息，葉偉和平地說，

「十幾天前，他向我說起，他要到甘肅或新疆去。他說，他在三年前，認識了一位甘肅的商人，那人信奉回教。回教徒本不吃豬肉的，但那人連牛肉羊肉並鳥類魚類都不吃，實在是一個存心忠厚的好人。他說他的家本住敦煌，這是歷史上有名的地方。現在安西亦有他的家，都在甘肅的西北境。那位商人常到新疆的哈密去做生意，販布，錫箔，鹽之類。據說地方倒很好，一片都是淡黃色的平沙，沓沓渺渺地和天邊相連接。在哈密，也有澄清的河流，也有茂盛的林木。不過氣候冷些，而生活程度倒極低，能操作，就能夠活過去。那位商人曾和他相約

過，告訴他安西，哈密的詳細地址，及一路去的情形方法。囑他有機會，一定可以去玩玩。那位商人還說，「那邊的地方倒很好玩的，正像北方人到江南來好玩一樣。』因此，現在翯是很想到那邊去一趟，據他說，已經有信寫給那位商人了。」

偉說完，空間沉靜一下，因為誰的心裡都被這新的旅行興所牽動。以後，清問，「那邊怎樣適宜他的身體呢？」

「是呀，」偉答，「我也向他說過，你是有 T・B・的病的，不能有長途的跋涉和勞苦。但他卻說，旅行與大陸性的氣候，或者對於他的精神與身體都有裨益些。因此，我也沒有再說了。」

這樣又靜寂了一息，只有腳步節節的進行。另一位有意開玩笑似的嘆，

「會想到沙漠那裡去，他為什麼不變一隻駱駝呀！」

但偉接著就說，「我想，我想勸他回家去。在這樣溷濁的社會裡呼吸空氣，對於他實在不適宜。往西北呢，身體一定不能勝任。我想還是勸他回家鄉去；並且解決了他的婚姻問題。你覺得怎樣？」

清答，「他實在太偏執了，他不能聽我們一句話。」

「不，假如我們的決定於他真正有利益，那我們只好當他是一件貨物，任我們的意思搬運。」偉笑了一笑。

清辯護了一句，

「心境不改變，到底是沒有藥救的。」

「有什麼方法呵？除安睡到永久的歸宿之家鄉去以外，有什麼方法呵？」

一邊就沒有人再說話了。

這時相距他們的寓所已不到百步，他們走的更快；但各人還沒有睡意，關於夜深，天冷，說了幾句，就兩兩的分別開來。

第二　不誠實的訪謁

　　當他們的腳跟離開了他的門限時，他幾乎伏在他的枕上哭出聲音來了。

　　他怎樣也不能睡著。雖則微弱的酒的刺激，到此已消散殆盡；而非酒的刺激，正如雷雨一般地落到他的心上來。一邊，他覺得對於友誼有幾分抱歉；但有什麼方法呢？他沒有能力消滅他對於他自身的憎恨，他更不能緩和他對於他自己的生活的劇苦的反動，這有什麼方法呢？他想坐起來寫一封家書，寄給他家鄉的老母和弱弟：他想請他的母親對他不要再繼續希望了！他從此將變做斷了生命之線的紙鳶，任著朔風的狂吹與漫飄，顛簸於遼闊的空際，將不知墮落到何處去了！深山，大澤，又有誰知道呢？——他眼圈不自主地酸楚起來，昂起頭看一下。但房內什麼東西都不見，只見一團的黑暗，跑進到他的視線之中。他終於又倒在枕上而不想寫信了！頭昏沉沉地，周身蒸發著汗。當朋友們坐著時，他一動不曾動，現在卻左右不住地輾轉，輾轉，他不知怎樣睡才好。好像這並不是床，——這是沙漠，這是沙漠，他已睡在沙漠之上了！枯燥，淒涼，冷寂，緊貼著他的周身。北極來的陰風，也正在他的耳邊拍動；駱駝的銳悲的鳴聲，也隱隱地可以聽到了。怎樣的孤苦呵！一時似睡去了，但不一時又醒來。左腳向床板重敲一下，彷彿他夢中的

身子，由壁削千仞的岩崖上流落去一樣。

東方一圈圈的發白。人聲如蠅地起來，遠遠的清弱的聲音，也逐近到他的房外，變作複雜與枯澀。他這時神經稍稍清楚一些，耳內也比較淨朗一些；他辨別出屋外各色的怪聲來：── 嗚嗚，嗚嗚，汽車跑過去了。咯，咯，咯，賣餛飩的打著竹筒來了。「冷來死，」女子賣媚地說道；但哈哈哈哈，男人接著笑了。少孩子又有咽，咽，咽的哭泣聲；一邊，賣大燒餅油條的，又高聲喊著。此外，罵「死烏龜」的，賣火熟包子的，貨車的隆隆的震耳的響，腳踏車的喔喔的討厭的叫；唉，他不願再靜著他的耳朵做受聲機，各種奇怪的震動，有的是機械的，有的從口腔裡出來，尖利，笨拙，殘酷，還有的似悲哀；實在，他聽不出這其中有什麼意義存在。他想，「這不過是一千九百二十五年滬埠的 M 二里的一個秋天早晨的一出獨幕劇。」隨即他翻過身子，勉強地想再睡去。

正在這時候，有人推進門來，是清偉二君。這倒使他吃了一驚，似乎他們昨夜並沒有回寓去，只在他的門外打了一個盹，所以這麼早，就進來了。一邊，他們本是絮絮地談著話走上樓的，但一進房門，就不說了。只用慈惠的眼睛，向他的床上看了看，似代替口子的問好。於是一位坐在床邊，一位仍坐在昨夜坐過的桌旁。

清幾次想說，顫動著兩唇似發音的弦一般，但終衝不出聲音來。他這並不是膽怯，實在不知道揀選出哪一句話講，是使

床上的朋友投機。一時他轉過臉看一看偉，似授意請他先發言；但偉不曾理會，清也只得又默默地視在地上。

偉正用著指甲刨著桌上的燭油，昨夜所燒過的。他將它一塊塊的拋到窗外去，小心地，含著幾分遊戲的意味。一時，他又挺了一挺他的胸部，鼻上深吸進兩縷清冷的空氣，似舉行起新呼吸來。但接著就緩緩地說話了，

「我下午要去領這月份的薪水，領來我一定還你一半。還想去買一件馬褂來，因為天氣冷得太快了。── 假直貢呢的，三塊錢夠罷？」

於是清抬起頭答，

「我的暫時不要還，我橫是沒有什麼用。前天拿來的三十元，除出付十元給房東，昨夜吃了三元以外，其餘還在袋裡，我沒有什麼用了。」

「這月的房租你又付他了嗎？」偉立刻問。

「給他了，連伙食十元。」清答。

「我曾對他說過，還是前天早晨，叫他這月的房錢向我拿，怎樣又受去你的呢？」

一邊他從衣袋裡掏出一塊手帕，擦了一擦鼻子。清微笑地說，

「你的月薪真豐富呵！二十四元，似什麼都應付不完了。」

「不是，」他也自己好笑的辯論，「我已向會計先生說妥，今天拿這月的，明天就拿下月的，我要預支一月。」

「下月你不生活了麼？」一個無心地反詰了一句，一個卻窘迫似的說，

「你也太計算的厲害了！這當然是無法可想，── 有法麼？總是用的不舒服；還是增加下月的不舒服，得這次的舒服些。不見沒有理由罷？會計先生也說，『朋友，下月的三十天呢？』我答，『總不會餓死罷？』現在連你也不原諒人的下計。」

他停止了；一息，又說了一句，

「還為蟲著想。」

但二人的談話沒有再進行。一提到蟲，似乎事情就緊迫起來，也不順利起來。

陽光忽然從東方斜射進窗角，落在牆上很像秋天的一片桐葉。但不一刻，又淡淡地退回去了。

這時又有二人上樓的聲音，腳步停止在他們的門外；一息，也就推進門來。無疑的，仍是昨夜發現過的兩位，一位名叫方翼，一位名叫錢之佑。他們帶著微笑，仔細而遲鈍地看看床上一動不動的蟲。於是翼坐在桌邊，佑立著吃吃說道，

「奇怪，奇怪，在 M 二里的弄口，我們碰著一個陌生人，他會向我們笑起來，莫名其妙地。我們只管走，沒有理他，而他卻跟著我們來了。我偶一回頭去，他又向我笑，還要說話的樣子。我始終沒有理，快走了兩步，走進屋裡來。奇怪，他有些什麼祕密告訴我呢？在上海這種人多有，其目的總是路費沒有，向你借貸一些。」

「或者他有些知道你，你該和他招呼一下。」偉一邊翻著一本舊《大代數學》，一邊說。

「怎樣的一個人呢？」清無心的問。佑答，

「藍布衫，身矮，四十歲左右，似鄉下人，似靠不住的鄉下人！」

沒有等他說完，樓下卻送上女子的嬌脆的喚聲來了，

「朱先生！朱先生！」

「什麼？」偉問，隨將他的頭伸出窗外。他就看見藍布衫的鄉人走進屋子裡來。女子在樓下說，

「一位拜望朱先生的客人上樓來了。」而偉回頭向窗內說，

「奇怪的人卻跟你到這裡來呢！」

可是朱勝蠱還一動不曾動簡直不是他的客人一樣。一邊是走梯的聲響，一邊是咕嚕的自語，

「真不容易找呵，梯也特別長，狹。—— 這邊麼？」

前個奇怪的佑，這時真有些奇怪，他窘著開了門去迎他進來。

他是一個身材短小，臉圓，微有皺，下巴剃的很光的鄉人。他常說常笑，還常笑著說，說著笑的。任什麼時候，他都發同樣高度的聲音，就是跑到病室和法庭，他也不會減輕一些。而且也不想一想，他所說的話究竟有什麼意思沒有。總之，他什麼都不管，短處也就很多了：—— 廢話，靜默的人討厭他，即多嘴的婦人也討厭他。而且愛管閒事，為了小便宜，

常愛管閒事。雖討過幾次的沒趣，被人罵他貪吃，貪東西，甚至要打他，但他還是不自覺的。在他是無所謂改過與修養。因此，現在一進門，話又開始了，

「唉，滿房是客，星期日麼？李子清先生也在，你是長久沒有見過面了，還是前年，再前年見了的。今天是星期日麼？朱先生還睡著，為什麼還睡著？聽說身體不好，不好麼？又是什麼病呢？受了寒罷？這幾天突然冷，秋真來的快。我沒有多帶衣服來，昨夜逛屋頂花園，真抖的要命。喝了兩杯酒，更覺得冷，硬被朋友拉去的。不到十一點也就回來了。我不願費錢在這種地方。昨夜遊客很少，為了冷的緣故罷？上海人也太怕冷了，現在還是七月廿外。不過容易受寒，朱先生恐怕受寒了嗎？苦楚，他是時常有病的！」

他哪裡有說完的時候。他一邊說，一邊在房中打旋，看完了個個青年的臉孔，也對著個個臉孔說話。這時清忍不住了，再三請他坐，於是打斷他的話。他坐下桌的一邊，還是說，

「不要客氣，不要客氣」不到一分鐘，又繼續說道，

「朱先生患什麼病？看過醫生麼？不長久？藥吃麼？就是生一天病，第二天也還該補吃藥。朱先生太用功了，鄉里誰都稱讚他用功，身體就用功壞了。身體一壞，真是苦楚，尤其是青年人！──這位先生似身體很好？」

他還是沒有說完，竟連問句也不要別人回答。隻眼不住地向大家亂轉，又偷看房的四角。清有些討厭了，於是一到這

「好」字，就止住他解釋道，

「鼆哥沒有什麼病，不過有幾分不舒服。」一邊又丟眼給偉道，「請你去泡一壺茶罷。」

偉起立，來客堅執地說，「不要去泡，我是喝了很多來的，不要去泡。」清說，「我也口乾的很，雖則沒有多說話。」來客無法了。

偉向桌上拿去一隻白瓷的碎了蓋的大茶壺，一邊吹了灰，似有半年沒有用過它。方翼說「我去泡，」他說「不要，」就下樓去了。

來客接著又問，可是這回的語氣，卻比前慢一些了。或者因他推演他的三段論法，「不舒服？為什麼不舒服呢？不舒服就是病，身子好，還有什麼不舒服呢？」

這時候在床邊作半坐勢的錢之佑卻說道，

「心不舒服。」心字說的很響，或者也因來客的眼睛，常圓溜溜的盯住他的緣故。

於是來客靜默了一息，房內也隨之靜默了一息。來客是思索什麼辯護，但辯護終究思索不出來。他卻轉了說話的方向對錢之佑說，

「這位先生，我很有些面熟；但現在竟連尊姓大名也記不起了。」

「有些面熟麼？」佑問。

「有些面熟，是不是同鄉？口音又像不是？」

「哪裡不是。」

「是麼？」來客的語吻似乎勝利了，「所以面熟。」他接著說。

「面熟呢，或者未必，」佑窘迫而讖笑地說，「但同鄉是一定的；我臉黃色，你臉也黃色，你又不是一個日本矮子，或朝鮮亡國奴，哈。」

清和翼也似乎好笑起來，但忍止住。因此，來客也不自然地無言了。

蠹始終不曾動，似乎連呼吸都沒有了。但靜聽著談話，談話如無聊的夜雨般落到他的心上來，他將如何地煩惱，如何地傷感呵！他想一心用到他自己的幻想上去，「造我自己的樓閣罷！」但未失去他兩耳的注意力時，耳膜怎樣也還在鼓動著。「討厭的一群！」他快要爆發了，不過終慫恿不起力來。他還是無法可想，如死地睡著，沙漠上的睡著。

房內平靜不到十分鐘。清想，「這樣給多言的來客太不好意思了。敷衍，當敷衍的時候。」因此，他問了，

「王家叔，你什麼時候到上海的？為什麼生意？」

「到了已經三天，」來客倒沒精打采起來，「也不為什麼買賣，純來玩一趟。上海有一年多沒有來了，想看看大馬路有什麼改變沒有，新世界有什麼新把戲沒有？還有……」

他似還要往下說；偉回來了，把茶壺放在桌上。一邊說，「茶葉想買包龍井，足足多跑了三里路。」一邊喘著氣的拿了兩隻茶杯，茶杯也罩上一厚層的灰，洗了，倒出兩杯淡綠色的熱

茶來，一杯放在來客的桌邊，遞一杯給清，「請你喝，」清也就
接過去。來客似不知所措，於是清說，

「喝茶罷，方才也還沒有說完。」他自己喝了一口，來客也
捧起喝了一口，他已忘了「喝了很多」的話，只是說，

「是呀，沒有說完。」一邊又喝了一口，接著說，「我來的時
候，朱先生的娘托我來看看朱先生，朱先生是很久沒有寫信到
家裡了。還有……」一邊又喝了一口茶，

「還有什麼？」清問。

「還有謝家的事，他娘是叫我問問朱先生，那邊時常來催
促，朱先生究竟什麼意思？」息一息，似掃興一般，又說，「現
在呢，朱先生的心不舒服，也沒有什麼話好說了。」

而偉偏滑稽的說，

「你說罷，不妨，他娘有什麼意思？」

「意思呢，老人家總是這麼，怕還有不愛她兒子的地方？」
來客的喉又慢慢地圓滑起來，「謝家的姑娘是很長大了，她實
在是一位難得的姑娘；貌好而且賢慧。她整天坐在房內，從不
輕易的跑出大門外一步。祠廟裡的夜戲，已經許多年沒有去看
了。人們想看一看她也萬難。她曾說了一句話，驚倒我們鄉村
裡的前輩先生什麼似的；誰不稱讚她？她說的有理極了！她說，
『女子是屬陰的，太陽是陽之主人，女子不該在太陽之下出頭露
面。』誰有這樣的聰明？因此，她自己也就苦煞了。連她的衣服
也只晒在北面的牆角，或走過了陽光的廊下。現在，她終日坐

在房內做女工。她什麼都會，縫，剪，刺，繡，哪一樣不比人強？說到讀書呢，會寫會畫，畫起荷花來，竟使人疑作池里長出來的。《詩經》也全部會背誦的，哼，她雖沒有進過學校，可是進過學校的人，有誰能比得她上呢？」

他喘了一口氣，一邊又喝了一口茶，接著說，

「也無用我來稱讚她了，村前村後，誰不知道她是一位難得的姑娘？這也是因緣前生注定。現在，她年紀大了，不能不出閣。雖則外貌看看還只有十八九歲模樣，實在，女子到了甘二三歲，是不能不結婚了。她的父母幾次叫我到朱先生的娘的跟前催促，他娘當然是說好的，但說朱先生不願意，要想再緩幾年；哪裡再有幾年好緩呢？朱先生的娘說，她要早把蠡的婚事辦好，再辦他的弟弟瑀的婚事了。他娘說，她今年已經六十歲，哪裡還有一個六十歲呢？以前倒也還算康健的，近一年來，身體大差遠了，── 背常要痠，眼也會憑空地流出眼淚來，夜裡不能久坐，吃過中飯非睡一覺不可。因此，她更想早娶進蠡的妻來，也好幫幫她的忙。這次，特意叫我來問問朱先生的意思，否則，十二月有很好的日子。── 而現在……朱先生的心不舒服，也沒有什麼好商量了。」

他說完，似敗興一般，而且勉強地做了微笑。

個個人呆呆地聽著。用難受的意識，沉思地聽他一段一段的敘述，── 女的才，老母的苦楚，誰都悶悶地不能忍受。但誰也沒有說一句話。

翩呢，也聽的清楚了。以前是氣憤，想他的代定妻，簡直不是一個人！老古董，陳舊的廢物！來客愈誇張，他愈憎恨！但以後，無聲之淚，竟一顆一顆地滲透出來，沿著耳邊潛溼在他的枕上。

太陽淡黃色，大塊的秋雲如鯨一樣在天空游過。因此，房內的陽光，一時漏進來，一時又退回去。

翩微微轉了轉身，似乎他的身子陷在極柔軟的棉堆裡一樣。他想開口向來客說幾句，可是他的心制止他的口，

「閉住！閉住！閉住！」

而淚更屬害地湧出來。

清這時坐在床邊，他覺察翩在流淚了。他想提出問題來解決，否則也應當和平地討論一下，這是他的義務，總不可悶在肚子裡。但無論怎樣，說不出話來，「說什麼好呢？」「翩會不會賭氣？」於是他只好低頭。看看偉，偉也是如此，用眼看住他自己的胸膛。

房內一時沉寂到可怕的地步。

來客雖愛說話，但坐在這一班不愛說話的青年中，他也不好說話起來。他像什麼也不得要領，又不能自己作主地。他偷看各人的臉上，都浮著一種不能描摹的愁思，── 遠而深的愁思，各種成分複雜的愁思，他更難以為情起來了。清臉清白，偉也黃瘦，翩，他訪謁的目的物，因一轉身，略略的窺得半面，更憔悴的不堪！他想，「究竟有什麼心事呢？」如此岑寂

的延長，將拉他到苦楚之門閾，他不能忍受。有時，他拖上一句，「這房是幾塊錢一月的房租？」或湊上一句，「這麼貴嗎？」但回答不是冷淡的「是，」就是簡慢的「非。」他再也無法可想，除非木雞似的坐著。

忽然，他想，「還是走罷。」一邊，立起來，理由是「恐怕好吃中飯了。」實在，時候還很早。翼看了一看他的錶，長短針正重疊在十點。但他們也沒有留他，只隨著立起來聽他說，

「我要回到旅館裡去。還想趁下午四點鐘這班輪船回家。要買些東西，鄰舍托我的，各種零碎的東西。關於婚事，望你們幾位向朱先生說說，他應當順從他娘的苦心。可寄信到家裡，十二月有好日子。我不能多陪了，心不舒服，還要保養，請醫生吃幾帖藥。」

兩腳動了，許多腳也都在地板上動起來。螱是死心塌地的一動不曾動。來客又奇怪的看了一看他的被，有意說，「朱先生睡著不醒呢！我也不向他問好了。」一邊就走出門外。「留步，留步，」他向清等說，但他們還是送出門，似送晦氣出去一樣。一邊，他們又回覆了原有的布局。

第三　反哲學論文

　　這時，在蠶的腦內，似比前爽朗一些；好像不潔的汙垢，都被那位多嘴的鄉人帶去了。但雜亂的刺激會不會再來，只有等待以後的經驗才知道。現在，在他自己以為，憑著清明的天氣說話，他很能認得清楚。因此，當朋友們布好第三幕的劇景時，他開口說話，

　　「你們離開我罷！現在正是各人回到各人自己的位子上去做事的時候了。」

　　聲音破碎，語句也不甚用力。清聽了，似尋得什麼東西似的，問道，

　　「你能夠起來麼？」

　　「不，讓我獨自罷！」

　　「為什麼？」

　　「還是你們離開了我！」

　　「你不能這樣睡，你也知道不能這樣睡的理由麼？」

　　「我無力地在床上輾轉，假如四周沒有一個人伴著我，任我獨自睡一個痛快，一天，二天，或三天也好，不會永久睡去的，你們放心 ── 。讓我獨自的睡罷！」

　　語氣悲涼，說時也沒有轉他的眼睛。清說，

　　「蠶哥，不對罷？當一個人不能在床上睡著的時候，『空想』

這件無賴的東西，就要乘機來襲擊了！空想占領了你有什麼益處呢？無非使你的神經更衰弱，使你實際的步驟更紊亂罷了。」

他也似伴著死人懺悔似的。蟲苦笑一下說，

「你不必代我辯護，世界對我，已變做一張黑皮的空棺，我將厭惡地被放進去就完了。現在呢，你也該知道，睡是死的兄弟啊！」

「這是小孩子說的，實在是一句陳腐的話，蟲哥！」

「還是一樣，請你們離開我罷。」

「怎麼離法呢？」

「好似棺已放下了泥土以後一般的走開了。」

個個的心很傷感，房內一時又無聲音。幾分鐘，偉說，

「我實在不知道你這幾天來的慾望是怎麼樣？不過，你不能跑出我們的隊伍以外。你也該用修養的功夫，來管束你自己的任性一下。世界的臉色已經變換了，未來的社會是需要人們的力量，寶貴的理想，隱現於未來的天國裡，你是有知識的，我們將怎樣去實現它？」

「請不要說罷！請不要說罷！你的大題目將窒死我了！我是一個幼稚的人，我自認是一個幼稚的人！我的眼前已不能解決了，在我已沒有論理和原則，請你不要說罷！」

「什麼是眼前不能解決的呢？」清問。

「債與性慾嗎？」偉忿怒地答。

「不要去解決就是咯，」清說，「就是婚姻，也不值得我們怎

樣去注意的。我們只要做去，努力向前做去，『不解決』自然會給我們解決的。」

「好罷！你們的哲學我早明白了。人與人無用關心的太厲害。」

「我們看著你跑進感情的迷途裡去麼？」

清幾乎哭一樣。房內一時又只有淒楚。

什麼似不能宣洩一般。空氣也死了，僵了，凝固了，一塊塊的了。幾人各管領著他們自己的眼前，他們是悲傷的，憤怒的，鬱結的，氣悶的，複雜的；科學不能用來分析，公理不能用來應用的時候，這是怎樣的一個時候呵！

而偉卻似火引著似的說，

「不必再空談了，蠶，起來罷，太陽跑到天中來，是報告人們到了午餐的時候。下午，去找一塊地方玩一趟，你喜歡什麼地方玩啊？問題是跟著生活來的，我們只好生活著去解決問題，不能為問題連生活都不要了。」

「盲目地生活，浸在生活的苦汁裡吸取苦汁，我自己想想有些懷疑起來了，有些懷疑起來了。」

「懷疑有什麼用呢？」偉說。

「懷疑之後是憎恨。」

「憎恨又有什麼用呢？」清問。

「是呵，我知道自己還是不能不活下去！還是不能不活下去！可是我的思想是如此，有什麼方法呢？所以請你們離開

我，讓我獨自罷！」

「但是我們不走，仍可與你決斷！」偉說。

「蠹哥，我們是幸福了麼？你眼前的我們，竟個個如笨驢，生命受著鞭韃而不自覺的麼？」清說。

「我們也有苦痛呵，」翼說，「但我們還連睡也睡不安穩呵！」

「好，請你們制止罷！」

停一息，又說，並轉了一身，語氣極淒涼的，

「我也知道你們對於我的友誼了！假如你們一定要我的供狀，那我不得不做一篇反哲學論文來宣讀。」

沒有說下去，又停止了。

他們倒又吃一驚，簡直摸不著頭腦。時候將近中午，陽光也全退出他們的窗外。接著，又聽蠹說，

「我所以要請求你們離開我，就想減輕我的苦痛。我本懷疑我自己的生活，這因我的思想無聊，無法可想的！每天早晨，我向自己問，你為什麼要穿起這件灰色的布衫呢？天不使你發抖，你又不愛穿它，你為什麼不赤裸裸地向外邊去跑呢？警察要揪住你，你可不必管，總之，我一些勇氣也沒有。這並不是因布的不愛它，實在覺得穿這樣的衣服是沒有意義！對於住，我也一樣，一樣憎恨它，我憎恨這座地獄！床對我已變做冷冰冰的死土，但我總還要睡在它上面，我多麼苦痛。我有我自己的大自然的床，我可以每夜在星光的眼中眠著，我多麼快

樂呀！我已成了我自己錯誤的俘虜了，我無法可想。我也不願
食，胃對於我似討厭的兒子對於窮苦的母親一般。受累呀，快
給他殺死罷！但我一邊這樣喊，一邊還是吃，食物到口邊，就
往喉下送，不管鹹酸苦辣。有時我更成為一個貪吃的人，比什
麼人都吃的快，比什麼人都吃的多，搶著吃，非吃不可，雖則
自己在詛咒，還是非吃不可。一等到吃完了，吃好了，那就心
灰意冷，好似打敗仗的兵士一般。自己喪氣，自己怨恨自己
了！我真矛盾的厲害，我真矛盾的不可思議呀！」

　　說到這裡，他停了一息，朋友們是個個屏息聽著。他似良
心壓迫他說，非如此說完不可。但愈說臉愈蒼白，雖有時勉強
地苦笑了一聲。神色頹唐，兩眼眨眨地望到窗外。

　　「在昨夜吃酒的時候，我本來已失了快樂之神的歡顏的光
顧。不知什麼緣故，我是覺到一點興趣也沒有。你們是喝著，
說著，笑著；而我卻總是厭惡，煩亂，憎恨！我只有滿杯地喝
自己的清酒，我只有自己沉默地想著。同時，你們的舉動、你
們的人格，卻被我看得一文不值了！」以後他更說重起來。「你
們的人格是光明燦爛的，神聖不可侵犯的，而我卻看做和生了
梅毒被人拷打的下流妓女一樣，和在街頭向他的敵人作無謂的
諂笑的小人一樣，和餓斃而腐爛的乞丐一樣！唉！我怎麼醜化
你們到如此！你們的身體，純潔英雋的，春花秋月一般的，前
途負有怎樣重大的使命的；而我卻比作活動的死屍！餓鷹不願
吃它的腸，貪狼不願吃它的肉！唉，該死的我，不知為什麼，

將你們腐化到這樣！沒智慧，沒勇敢，向自私自利順流，隨著社會的糞土而追逐，一個投機的動物，慣於取巧而自貪榮譽的動物，唉，我何苦要告訴你們呢？我何苦要向你們陳說呢？你們不願意聽麼？真誠的朋友們，請你們勿責，請你們勿怒！我還有我自己對於自己！我傷心呀，我流淚呀，我痛徹心髓而不渝了！粉碎了我的骸骨，磨爛了我的肌膚，我還有未盡的餘恨！孑孓也可愛，蝌蚪也可貴，我竟遠不如孑孓與蝌蚪了！痛心呵，我又何用盡述呢？給你們以悲哀，給你們以苦痛，真誠的朋友們，請恕我罷！萬請恕我罷！恕我這在人間誤謬的動物，恕我這在人間不會長久的動物！」喘了一口氣，又說，「因此，我擲碎了酒杯，我走了！現在，你們在我身邊，我的苦痛將如野火一般燃燒，我的憎恨將如洪水一般泛濫！我是一個極弱極可憐的東西，如黑夜暴風雨中蹌跟於深山叢谷內！唉，我失掉了駕御自己的力量，感情奪去了我理智的主旨，不，還是意志侵占了我衝動的領域罷！因為自己願意這樣做，自己願意變做一滴醋，牛乳放到唇邊也會凝固了。什麼一到我身邊，就成了一件餘剩的東西；所以人間的美麗與幸福，在我已經是例外呀，我的末日，我的未為上帝所握過的手，我將如何來結算呢？」語氣嗚咽，竟說不上來。一時，又說，「現在，朋友們，請離開我罷！請永遠離開我罷！負著你們的使命，到你們的努力道上去，保重你們的身體，發揚你們的人格，向未來的世界去衝鋒罷！莫在我身前了，你們的身體在我前面，你們的精神

就重重加我以苦痛，要拉我到無底的地獄中去一樣！真誠的朋友們，你們愛我的，讓我獨自罷，以後請勿再見了！我內心有萬惡的魔鬼，這魔鬼使我犧牲與災難。因此，我不能在光天化日下行走，我不能在大庭廣眾前說話，更不能在可敬可愛的人們眼前出現了！我將永不回家，我將到荒僻的沙漠上去，我決意到人跡很少的沙漠上去生活。親愛的朋友們，這是我的反哲學論文，也是我對你們的最後的供狀。還要我怎樣說呢？你們竟一動也不動麼？唉！唉……」

他說完，長嘆了一聲。

四位朋友，沒一個不受驚嚇，臉色青了，白了。他們的兩眼的四周含著紅色的潤，在潤中隱蕩著無限的洶湧的淚濤喲！清全身顫動，以後，囁嚅的說，「蠹哥，你……究竟為什麼這樣說呢？」一邊幾乎滴下淚來。蠹說，「這樣想，就這樣說。」「你不想不可以麼？這種胡思亂想，對你好像是強盜。」翼說。

「不，比強盜還凶！」佑悲哀的加上一句。蠹說，

「你們何苦要壓迫我？」

偉說，「誰壓迫你？誰還有力量壓迫你！不過你既不能立刻就毀滅掉你自己，又不能遂願毀滅了你所憎恨的社會，什麼沙漠，荒僻的沙漠，在這篇反哲學論文中間，究竟有什麼意思呢？」

「你聽著我此後的消息便是了。」蠹冷冷地。清急向偉輕說，

「辯他做什麼？」一邊向蠹說，

「我無論如何不能離開你。」

「你又為什麼呢？壓迫麼？」蠱微笑地。

「你是我二十年來的朋友，從小時一會走，就牽著手走起的。」

「那我死了呢？」

「這是最後的話。」

「當我死了就是咯！蠱死了，葬了！」

「不能，沒有死了怎麼好當他死了呢？肚餓好當吃飽麼？」

「不當就是。你自己說過，『辯他做什麼？』」

房裡一時又無聲。

太陽漸漸西去了，他們的窗外很有一種憔悴的萎黃色的畫後景象。他們個個很急迫似的。雖則偉，他已經決定了，還是暫時的迴避他，使他盡量地去發展他自己，就是殺人也有理由。佑和翼呢，是介乎同情與反感之間，捉摸不到他們自己的主旨。對眼前似將死的朋友，也拿不出決定來。而清呢，一味小弟弟的模樣，似在四無人跡的荒野，暮風冷冷地吹來，陽光帶去了白晝的尊嚴，夜色也將如黑臉一般來作祟；他怎樣也不能離開，緊拖著他哥哥的衣襟似的。

獨蠱這時的心理，反更覺得寬慰一些了。吐盡了他胸中的鬱積與塊壘，似消退了幾層雲翳的春天一樣。他靜聽著朋友們誰都被纏繞著一種無聲的煩惱，這是他所施給他們的，他很明白了。所以他勉強笑了一聲，眼看了一看他們，說，

「你們何苦要煩惱？老實說罷，前面我說的這些話，都是些囈語。囈語，也值得人們去注意麼？我的人生已成了夢，我現在的一切話，都成了囈語了。你們何苦要為這些囈語而煩惱呢？」

停一息，又說，

「我還要向你們直陳我辭退 C 社書記的職的理由：我生活，我是立在地球上生活，用我的力去換取衣食住，誰不能賜與的。但我卻為了十幾元一月的生活費，無形地生活於某一人的翼下了；因他的賜與，我才得生活著！依他人的意旨做自己所不願意做的事以外，還要加我以無聊。我說，『先生，這樣可以算罷？』他說，『重抄，脫落的字太多了！』因此，我不願幹了。現在我很明白，社會是怎樣的一個怪物！它是殘暴與專橫的輾轉，黑暗與墮落的代替，敷衍與苟且的輪流，一批過去，一批接著；受完了命令，再去命令別人。總之，也無用多說，將生命來廉價拍賣，我反抗了！」

接著又搖頭重說了一句，

「將生命來廉價拍賣，我反抗了！」

他的眼又湧上了淚，但立刻自己收住了。一息，又說，

「也不必再談別的了，太陽已西，你們還是去吃中飯罷！」

清才微笑地說，

「我的肚子被你的話裝的夠飽了，—— 你們餓麼？」一邊轉眼問他們。

「不，」偉說。

「也不，」翼答。

「我也不，」佑答。

於是蟲又說，

「你們也忘記了社會共同所遵守而進行的軌道了麼？吃飯的時候吃飯，睡覺的時候睡覺，用得到許多個不字？」一邊他又想睡去。

清立刻又問，

「你也想吃一點東西麼？」

「不必討我的『不』字了。」蟲說著，一邊掀直他的棉被。

這時偉說，一邊立了起來，

「我們去罷！讓他睡，讓他獨自靜靜地睡。」

「是呀，你們去罷，給我一個自由。我很想找到一個機會，認識認識自己，認識到十分清楚。現在正有了機會了。」一邊轉身向床內。

「蟲哥，……」清叫。

「我們走罷。」偉又催促的。

於是各人將不自由的身子轉了方向：偉首先，佑第二，翼第三，清最末，他們排著隊走下樓去。

第四　空虛的填補

　　他們去了，緩滯的腳步聲，一步步遠了。

　　他睡在床上，一動沒有動，只微微地閉著兩眼。一時眼開了，他又茫無頭緒。他好像願意到什麼地方去受裁判，雖則過去的行動和談話，他已完全忘記了，但未來總有幾分掛念，他將怎樣呢？他坐起，頭是昏昏的；什麼他都厭棄，他也感到淒涼了。好似寂寞是重重地施展開它的威力，重重地高壓在他的肩上。窗外，樓前，樓下，都沒有一些活動，他又覺得膽怯了。他起來，無力地立在房中，一種淡冷的空氣裹著他，他周身微微震顫了。他的心似被置在遼遠的天邊，天邊層層灰黯的。他在房內打了一個旋，他面窗立著，兩顆深陷的眼球一瞬也不瞬。但窗外如深山的空谷，樹林搖著尖瘦的陰風，雨意就在眼前了。他又畏嚇了，重仰睡倒在床上。他靜聽他自己的心臟跳動的很厲害，他用兩手去壓住他的心胸，口齒咬得緊緊的，他好像要鼓起勇敢來，但什麼都沒有力氣。他又微微地閉起眼，一邊，周身侵透出冷汗來。呼吸又緊迫的，他叫了，

　　「唉！我怎會脆弱到這個地步！我簡直不如一個嬰兒了！我要怕，我心跳，母親呀，你賦給我的勇敢到哪裡去了？」

　　一邊流出一顆淚，落在被上。

　　這時他想起他家鄉的母親，── 一位頭髮斑白了的老婦

人，傴著背，勤苦地度著她日常細屑的生活。她嚼著菜根，穿著粗布的補厚的衣服，她不亂費一個錢，且不費一個錢在她自己的身上；她只一文一文的貯蓄著，還了債，並想法她兩個兒子的婚姻。她天天掛念著他，希望他身健，希望他努力，希望他順流的上進，馴服地向社會做事，賺得錢來。就不賺錢也可以，只要他快活地過去，上了軌道的過去，為了盲目的未來而祈求吉利地過去；不可亂想，不可奢望，不可煩惱而反抗的，這是她素所知道她兒子的，她常切戒他。但他卻正因這些而煩惱了，苦悶了，甚至詛咒了。他氣憤人類的盲目，氣憤他母親的盲目；一邊她自己欺騙過她自己的一生，一邊又欺騙別人來依她一樣做去。這時，他竟將最關心切愛的老母，也當作他的敵人之一了！他覺得沒有母親，或者還要自由一些，奔放一些，任憑你自殺和殺人，任憑你跑到天涯和地角去，誰關心？誰愛念？但現在，他以過去的經驗來說，他無形中受著母親的軟禁了！他想到這裡，好似要裂碎他的五臟，他叫道，

「母親呀，你被運命賣做一世的奴隸了！你也願你的兒子繼續地被運命賣做一世的奴隸麼？」

他叫著母親，又叫著運命，── 他低泣了！

這樣幾分鐘，他忽然醒悟的自說，

「我為什麼悲哀？我為什麼愁苦？哼，我真成了一個嬰兒了！我沒有母親，我也沒有運命，我正要估計自己的人生，拋棄了一切！我沒有母親，我只有自己的肉和血；我也沒有運命，

只有自己的理想與火！我豈為運命嘆息？我豈為母親流淚？哼，我要估計自己的人生，將拋棄一切！我得救了，我勇敢了，在這樣的灰色的天和灰色的地間，並在灰色的房內，正要顯現出我的自己來！」

他勇敢了，內心似增加一種火，一種熱力。一邊他深深地吐出一口氣，一邊將床上的棉被完全掀開。兩手兩腳伸得很直，如死一般的仰臥在床上。——這樣經過許久。

太陽西斜了，光射到他窗外一家黃色的屋頂上，反射出星眼的斑點來。而他的房內更顯示的黝黯了。

正在這個時候，突然有人推進他的房門。他一驚，以為朋友又來吵擾他。隨轉他的頭仔細一看，是一個二十歲左右的姑娘，他房東的女兒，名叫阿珠。

「阿珠，做什麼？」他立刻問，眼中射出幽閃的光。

這位姑娘，仔細而奇怪地看著他，好像不敢走近他，立在門邊。於是他更奇怪，隨即又問，

「阿珠，妳做什麼？」

這才她慢慢的嬌脆的說，手裡帶著一封信和兩盒餅乾，走近他，

「朱先生，有人送信和餅乾來。」

「誰啊？」

「我不知道，有信。」

「人呢？」

「人在樓下，請你給他一張回字。」

一邊笑瞇瞇的將信和餅乾放在他身邊的桌上。

他就拿去信，一看，上寫著，

信內附洋五元送 S 字路 M 二里十七號朱勝王禹先生收清緘即日下午。

一邊就將信擲在床邊，眼仍瞧著天花板。

但阿珠著急了，眼奇怪地注視著他蒼白的臉上，說，

「為什麼不拆信呢？他說信內夾著一張鈔票，等著要回字的。」

「誰要這鈔票！」

「你！」

「呀，」他才瞧了她一眼，苦笑的，重拾了信，拆了。他抽出一張綠色的信籤和一張五元的鈔票，但連看也沒有看，又放在枕邊了。一邊他說，

「請妳同來人說一聲，收到就是了。」

「他一定要回字的。」

「我不願寫字。」

「那末寫『收到』兩字好了。人家東西送給你，你怎樣連收到的回條都不願寫？你真馬虎。」

「好罷，請妳不要教誡我。」

語氣有幾分和婉的。同時就向桌下取了一張紙，並一支鉛筆，手顫抖地寫道，

「錢物均收到。我身請清勿如此相愛為幸。」

筆跡了草，她在旁竟「哈」的一聲笑出來。

他隨手遞給她，

「阿珠，請妳發付他！」

她拿去了，微笑的跑到門口向樓下叫，

「客人，你上來。」

接著，就是來客走梯的聲音，但蹙蹙眉說，

「妳給他就是，不要叫到我的房內來。」一邊想，

「怎麼有這樣的女子？」

於是女子就在門口交給他回字，來客也就下樓去了。

阿珠還是不走，留在他床邊，給他微笑的，狐疑而又愉快似的。一時，她更俯近頭說道，

「朱先生，你為什麼啊？你竟連信也沒有看，你不願看它麼？」

「是。」他勉強說了一字。

「你知道信內寫些什麼呢？」

「總是些無聊的話。」

「罵你麼？」

「倒並不是，不過沒怎樣差別。」

「你應當看它一下，別人是有心的。」

一邊就將這信拿去，顛倒看了看。

「請妳給我罷。」

　　她就將這信遞給他，他接受了，但仍舊沒有展開，只將四分之一所折著的一角，他默念了，

　　這是自然的法則，我說不出別的有力量的話，今夜當不到你這裡來，且頭痛不堪，不知什麼可笑，此亦奇事之一，而令人不能夢想者也。

　　他一字一字的念了三行，也就沒有再念了，又將它拋在床邊。

　　女子不能不驚駭，她看齜這種動作，似極疲倦似的，於是問道，

　　「朱先生，你有病麼？」

　　「什麼病啊？

　　「我問你有病麼？」

　　「我不知道。」

　　「你為什麼這樣呢？」

　　「怎樣？」

　　「懶，臉色青白。」

　　「呀，」一邊心想，

　　「這女子發痴了，為什麼來纏著我呢？」

　　想至此，他微微換了另一樣的心。雖則這心於他有利呢，還有害？無人知道。可是那種強烈的冷酷，至此變出別的顏色來。

　　「阿珠，妳為什麼立在這裡？」

「我沒有事。」

「想吃餅乾嘛？」

「笑話。」

「妳拿去一盒罷。」

「不要。」但接著問，

「是哪位朋友送你的？」

「妳問這個做什麼？」

「我想知道。」

「拿去吃就是咯。」

「不要吃。」

「那說他做什麼？」

　　他的心頭更加跳動起來。兩眼瞪在阿珠的臉上，火一般地。而阿珠卻正低頭視著地板，似思索什麼。

　　這樣兩分鐘，她又問了，

「朱先生，你為什麼常是睡？」

「精神不快活。」

「我看你一天沒有吃東西？」

「是的。」

「不想買什麼東西麼？」

「不想。」

「肚子竟不餓麼？」

「餓也沒有辦法。」

「哈，」她笑了。

「什麼？」他瞧了她一眼。

「餓當然可以買東西。」

「什麼呢？」

「當然是你所喜歡的。」

「我沒有喜歡的東西。」

「一樣都沒有？」

「好，給我去買罷。」

「買什麼呢？」

「一瓶高粱！」

「高粱？」她聲音提高了。

「是呀，我所喜歡的。」

「還要別的東西麼？」

「不要。」

「專喝高粱麼？」

「妳已經許我去買了。」

「錢？」

「這個拿去。」

隨將五元的鈔票交給她。

她一時還是呆立著，手接了這五元的鈔票，反翻玩弄著。她似思索，但什麼也思索不出來。終於一笑，動了她的腰，往房外跑下樓去。

他留睡在床上，還是一動不動地眼望著天花板。

第五 小誘

　　原來他的二房東是一位寡婦，年紀約四十左右，就是阿珠的母親。她有古怪的脾氣，行動也不可捉摸，人們很難觀察她的地位是怎樣，職業是什麼。她身矮，臉皮黑瘦，好像一個病鬼。但她卻天天塗上鉛粉，很厚很厚的。她殘缺的牙齒，被煙毒薰染的漆黑，和人講起話來，竟吐出濃厚的煙臭；但香菸還繼續地不離了口。眼睛常是橫瞧，有時竟將眼珠藏的很少，使眼白的部分完全露出來，——這一定在發怒了。衣服也穿的異樣，發光的顏色，很藍很黃的都有。她大概每星期總要打扮一次，身上穿起引人注目的衣服，塗著鉛粉的臉，這時更抹上兩大塊胭脂，在眼到耳的兩頰上。滿身灑的香香的，裊裊婷婷的出去了，但不知道她究為何事。大部分的時間她總在家裡，似乎發怒的回數很多。常是怒容滿面，對她的女兒說話也使氣狠聲。但也有快樂的時候，裝出滿臉的獰笑來，一搖一擺的走到蠡的面前，告訴說，用著發笑的事實來點綴起不清楚的語音，吞吞吐吐的腔花，有時竟使蠡聽得很難受。她會訴說她自己的心事，——丈夫死了，死了長久了，這是悲痛的！她留在人間獨自，父母兄弟都沒有，女兒又心氣強硬的，不肯聽她的使喚。因此，她似乎對於人生是詛咒的。但不，她眼前的世界仍使她樂觀，仍使她快活地過活；因為有一部分的男人看重她，

用他們不完全的手來保護她生活下去。她也會訴說關於她女兒的祕密，用過敏的神經，說她有了情人了，情人是一個年輕裁縫匠，錢賺的很大的，比起朱先生來，要多三四倍。但她最恨裁縫匠，裁縫匠是最沒良心，她自己也上過裁縫匠的當的，在年輕的時候。可是現在她很能識別出人來，誰好誰壞；但裁縫匠是沒有一個壞中之好的。因此，她看管她的女兒更厲害，周密嚴厲，防她或者要同她情人私自逃奔的緣故。

「朱先生，這種事情在上海是天天有發生的。」有時她竟這樣說了一句。

「不會的，阿珠不過浪漫一些，人是很好的，她絕不會拋棄孤獨無依的母親。」豁卻總是這麼正經地答。

「天下的人心，哪裡個個能像朱先生一樣誠實啊！」

結果，她常常這樣稱誇他。

實在，她的女兒是一個怪物；或者有母親這樣的因，不得不有女兒那樣的果。不過阿珠還是一無所知呵！

阿珠，是一個身軀發育很結實的強壯的女子。面圓，白，臂膀兩腿都粗大；眼媚，有強光，唇紅，齒白；外貌是和她母親正相反。她常不梳頭，頭髮蓬到兩眉與肩上。臉不塗粉，但也不穿襪，常是拖著一雙皮拖鞋，跑來跑去。她從沒有做工作的時候，一息在弄堂裡和人謾罵，開玩笑，一息又會在樓上獨自嗚嗚地哭。

她們母女二人，前者的房在前樓，後者的房在後樓，相隔

一層孔隙很大的板壁。所以每當夜半或午後，二人常是一人罵，一人應；一人喊，一人哭。有時來了許多客，不知是怎樣的人。說他們是工人呢，衣服實在怪時髦，態度實在太活動的；說他們是富貴子弟呢，言語實在太粗鄙，舉動實在太肉麻。或者是裁縫匠一流，但裁縫匠是這位婦人最不喜歡的。他們常大說大笑，在她母女二人的房內，叫人聽的作嘔。這樣胡鬧，甚至會鬧的很久很久。

　　有時在傍晚，天氣稍熱一些。於是這位婦人，穿起一套很稀疏的夏布衫褲，其每個布孔，都可以透出一塊皮肉來賣給人看。她卻伸直著兩腿，仰臥在天井裡的藤眠椅上，一邊大吞吐其香菸，煙氣騰騰地。蠱或走過她，她就立刻裝出獰笑，叫一聲「先生！」聲音是遲鈍而黏澀的，聽來不自然。這時的女兒呢？卻穿起了全身粉紅色的華絲葛的衫裙，還配上同樣顏色的絲襪，一雙白色的高底皮鞋，裝扮的很像一位少奶奶。皮膚也傅粉的更柔滑起來，濃香鬱鬱的，真是妖豔非常。這時，態度也兩樣了，和往日的蓬頭赤足的浪漫女子，幾乎兩個人模樣。走起路來，也有昂然的姿勢，皮鞋聲滴滴地，胸乳也特別地挺。假如遇見了蠱，也用驕傲妒忌的橫眼，橫了他一眼，好像看他不屑在她的屋內打旋一般。這樣，她總要到外邊去了，在門口喊著黃包車，聲音很重很嬌地，做著價，去了。這樣，至少也要到夜半，極深極深的夜半才回來。

　　蠱在這個環境之內，當初是十二分地感受到不舒服。他是

舊曆三月半搬到這裡，第一個月的房租付清了後，他就想搬出去；但一時找不到房子，於是就住著了。不料第二個月，因小病的緣故，竟將房租拖欠到端午，──照例是先付房租，後住屋的。──到第三個月，房租完全付不出了。一邊，也因這房租比任何處便宜；何況這位大量的婦人，對他的欠租不甚討的厲害。因此，一住住下，也就不以為怪了。以後，他對她們，更抱著一種心理，所謂「這樣也有趣。」橫是沒有什麼大關係，用冷眼看著她們的行動，有什麼？「我住我的房，她們行她們所好。」以後他這樣想，所以他每次出入總是微笑的對她們點一個頭，她們來告訴他話，他也隨隨便便地聽過了。但阿珠，對於這位住客，始終沒有敬禮。這回，不知什麼緣故，會到他身前來獻殷誠，賣妖媚了。

大概十五分鐘，阿珠買酒回來。她梯走的很快，一邊推進門，喘著氣；一邊笑嘻嘻，將酒和找回來的錢，一把放在桌上。

「四個角子。」她隨即說。

亂仍睡著沒動，也沒有說，待她聲音一止，房內是顫動的鎮靜。同時太陽已西下。

「朱先生，四個角子一瓶。」

「妳放著罷。」他心頭跳動。

「為什麼不吃？」她問的輕一些。

「不要吃。」

「和餅乾吃罷。」

「不想吃。」

「那為什麼買呢？」

「我可不知道。」

「你在做夢嗎？」

「是。」

這位女子很有些狼狽的樣子，覺得無法可想。一息說，

「朱先生，我要點燈。」

一邊就向桌下的板上找。蟲說，「沒有燈了。」

「洋蠟燭呢？」

「亮完了。」

她一怔。又說，

「那末為什麼不買？」

「我橫是在做夢，沒有亮的必要。」

「我再去代你去買罷。」

一邊就向桌上拿了銅子要走。

「請不要。」蟲說。

「為什麼？」

「我已很勞你了。」

他在床上動了一動，好似要起來。但她說，

「笑話，何必這樣客氣呢！你是……」

她沒有說完，停了一息，祕密似的接著說，

「現在我的媽媽還沒有回來，前門也關了，所以我可代

你……」

她仍沒有說完，就止住。蠹問，

「妳的媽媽哪裡去了？」

他好像從夢中問出了這句話。阿珠沒精打采地說，

「不知道她到哪裡去了。她去的地方從來不告訴我的。好像我知道了，就要跟著她去一樣。而且回來的時候也沒有一定，今天，怕要到夜半了。我的晚餐也不知怎樣，沒得吃了。她對我是一些也不想到的，只有罵。罵我這樣，罵我那樣，她又一些也不告訴我。常叫我沒得吃晚餐。哈！」

她笑了一聲，痴痴的。

這時蠹坐了起來，他覺得頭很痛。看了看酒，又看了看阿珠，他自己覺得非常窘迫。用手支持著頭，靠在桌上，神氣頹喪地。

這樣幾分鐘沒有聲音，阿珠是呆呆立著。蠹似要開口請她下樓去，而她又「哈！」的一聲嗤笑起來，眼媚媚地的斜頭問他，

「先生！我可以問你？」

「什麼？」他抬頭看了她一眼。

「你肯說麼？」

「知道就可以說。」

「你一定知道，因為你是讀書的。」

「要我說什麼呢？」

「你不覺得難……？」

「什麼意思？」

「不好……」

「明白說罷！」

蟲的心頭，好似紡車般轉動。

「我不好說，怎樣說呢？」

「那要我告訴妳什麼？」

他的臉正經地。女的又斷續的不肯放鬆，哀求似的，

「告訴我罷！」

「什麼話？」

「你，你，一定不肯說，你是知道的，……」

蟲愁眉沉思的，女的又喘喘說，

「我想，……一個女子……苦痛……」

一邊不住地假笑，終究沒有說出完全的意義來。她俯著腰，將她的左手放在她的右肩上，呆呆地立著。

這時蟲卻放出強光的眼色注視著她的身上，──豐滿的臉，眼媚，鼻正，白的牙齒，紅唇，婉潤的肩，半球隆起的乳房，細腰，柔嫩的臀部和兩腿，纖膩的腳。於是他腦裡糊模的想，

「一……個……處……女……。」

她，還是怔怔的含羞的低頭呆立著，她一言不發了，僅用偷視的眼，看著蟲的兩腳，藍色的襪和已破了的鞋。她的胸腔

的呼吸緊迫地，血也循環的很快，兩腳互相磨擦著：他覺察出來了。他牙齒咬的很堅，兩拳放在桌上，氣焰洶洶地。雖則他決意要將自己的心放的很中正，穩定，可是他的身子總似飄飄浮浮，已不知流到何處去。他很奇怪眼前的境像有些夢幻，恍惚，離奇，—— 這時太陽已西沉，房內五分灰黯了。他不能說出一句話，一句有力的話，來驅逐眼前的緊張與嚴肅。一派情慾之火，正燃燒著他和她兩人的無言之間。

正當這個時候，卻來了很急的敲大門的聲響，接著是高聲的喊叫，

「阿珠呀！阿珠呀！開門！」

寡婦回來了，不及提防的回來了。她回來的實在有力量！

於是這位女子，不得不拔步飛跑。一邊喃喃的怨，

「這個老不死！」

矗目不轉睛的看阿珠跑出門外，再聽腳步聲很快地跑下樓梯。一邊就聽開門了，想像寡婦怒沖沖的走進來。

忽然，他的眸子一閃，好似黑暗立刻從天上落下。他自己吃一驚，隨即恨恨地頓了一腳，嘆道，

「唉！我究竟在做什麼？夢罷？」

一邊立起身子將桌上新買來的這瓶高粱，用力拔了木塞。一邊拿一個玻璃杯子，將酒滿滿地倒出一杯，氣憤憤地輕說一句，

「好，麻醉了我的神經罷！」

就提起酒杯，將酒完全灌下喉嚨裡去了。

他坐下床，面對著蒼茫的窗外。一時又垂下頭，好像一切都失敗了。於是他又立起，又倒出半杯的高粱，仰著頭喝下去。他擲杯在桌上，杯幾乎碎裂，他毫不介意的。又仰臥倒在床上，痴痴的。一邊又自念了，

「這個引誘的世界！被奴隸拉著向惡的一面跑去的世界：好，還是先麻醉了我自己的神經罷！」

於是他又倒出半杯的高粱，喝下去。

接著，他就沒有思想和聲音，似魚潛伏在海底似的。

他眼望著窗外，一時又看著窗內。空間一圈圈地黑暗起來，似半空中有一個大魔，用著它的黑之手撒著黑之花，人間之一切都漸漸地隱藏起它們的自身來。一邊，在他的眼內，什麼都害怕著，微微地發顫。酒杯裡的酒，左右不住地搖擺，窗格也咯咯有聲了。窗邊貼著一張托爾斯泰老翁的畫像，——這是他唯一信仰的人，也是房內唯一的裝飾了。—— 這時也隱隱地似要發怒，伸出他的手，將對這個可憐的青年，施嚴酷的訓斥一般。一時，地也震動了，床與天花板，四壁，都搖動起來。身慢慢地下沉，褐色的天空將重重地壓下了。冷風從窗外撲進來，凜然肅然的寒，也將一切壓鎮到無聲，而且一時將它們帶到遼遠去，一時又送它們回到了就近，和他的自身成同樣的不穩定。他的心窩似有一隻黑熊在舐著，戰跳的厲害，一縷酸苦通過它。周身緊張，血跑的如飛。他竟朦朦朧朧地睡去

一般。

　　一忽，他又似落下大海中去了。波濤掀翻著他的身，海水向他的耳鼻中衝進去，他隨著浪潮在沉浮了。一忽，他又似升到寒風凜冽的高山上，四周朦朧，森林陰寂地。一忽，他又似在荒墳壘壘的曠野中捉摸，找不到一星燈火，四周圍滿了奇形怪狀的魍魎，它們做著歪臉向他獰笑，又伸出無數的毛大的黑手，向他募化，向他勒索，向他拖拉了！這時，他捏起一隻拳頭，向床上重重地一擊，身體也隨即跳動起來，他說，

「我做什麼？」

隨即又昂起半身，嘆一聲，

「呀，昏呀！」

驟然，他竟坐起身來。

他的眼向四周一轉，半清半醒的自己說道，

我在哪裡？

我做著什麼？

這是世界！

發昏的世界！

我醉了？

我實在沒有醉！

我能清楚地辨別一切，

善惡，

美醜，

顏色，

我一點不曾錯誤！

我坐在小室中，

這是夜，

這是黑暗的夜。

他模糊的說著，他有些悲酸！

他覺得他頭是十分沉重，腦微微有些痛。房內漆黑的，微弱的有些掩映的燈光和星光。他想他自己是沒有醉，到這時，他也不拒絕那醉了。於是他又不知不覺地伸出手去拿那瓶酒來，放到口邊，仰著頭喝起來，口渴一般的，只剩著全瓶五分之二的樣子，他重放在桌上。一邊立起，向門走了兩步。他不知怎樣想好，也不知怎樣做好，茫茫地，不能自主。一時他向桌上拿了一本舊書，好似《聖經》。他翻了幾頁，黑暗與酒力又命令他停止一切活動，他還能從書中得到一些什麼呢？隨即放回，他想走出門去。

「我死守著這黑暗窟做什麼？」

他輕輕地說了這一句，環看了一遍四壁，但什麼都不見。於是他又較重的說了這一句，

「快些離開罷！」

他披上了這件青灰色長衫，望了一望窗外，靜靜的開出門，下樓去了。

第六　牆外的幻想

　　燈光燦爛的一條馬路上，人們很熱鬧的往來走著。他也是人們中的一人，可是感不到熱鬧。他覺得空氣有些清冷，更因他酒後，衣單，所以身微微發抖。頭還疼，口味很苦，兩眉緊鎖的，眼也有些模糊。他沒有看清楚街上有的是什麼，但還是無目的地往前走。一時他覺得肚子有些餓，要想吃點東西；但當他走到菜館店的門口，又不想進去。好像憎惡它，有惡臭使他作嘔；又似怕懼而不敢進去，堂倌挺著肚皮，板著臉孔，立在門首似門神一般。他走開了，又聞到食物的香氣。紅燒肉，紅燒魚的香氣，可以使他的胃感到怎樣的舒服。這時，他就是一湯一碟，也似乎必須了，可以溫慰他的全身。但當他重又走到飯店之門外，他又不想進去。他更想，「吃碗湯麵罷！」這是最低的限度，無可非議的。於是又走向麵館，麵館門首的店夥問他，「先生，吃麵罷？請進來。」而他又含含糊糊的，「不……」不想吃了，一邊也就不自主地走過去了。他回頭一看，似看它的招牌是什麼。但無論招牌怎樣大，他還是走過去了。

　　這樣好幾回，終於決定了，——肚不餓，且漸漸地飽。他決定，自己恨恨地，

　　「不吃了！不吃了！吃什麼啊？為什麼吃？不吃了！」

　　一息，更重地說，

「不能解脫這獸性遺傳的束縛麼？餓死也甘願的！」

一面，他看看從菜飯店裡走出來的人們，臉色上了酒的紅，口銜著煙，昂然地，挺著他的胃；幾個女人，更擺著腰部，表示她的腹裡裝滿了許多東西。因此，他想，—— 這有什麼特殊的意義？不過胃在做工作罷了！血般紅，草般綠，墨汁般黑，石灰般白，各種顏色不同的食品，混雜地裝著；還夾些酸的醋，辣的薑，甜的糖，和苦的臭的等等食料，好似垃圾桶裡倒進垃圾似的。

「唉！以胃來代表全部的人生，我願意餓死了！」他堅決地說這一句。

但四周的人們，大地上的優勝的動物，誰不是為著胃而活動的呵！他偷眼看看身旁往來的群眾，想找一個高貴的解釋，來替他們辯護一下，還他們一副真正的理性的面目。但心愈思愈酸楚，什麼解釋也找不出來，只覺得他們這樣所謂人生，是褻瀆「人生」兩個字！他莫名其妙地不知走了多少路。街市是一步步清冷去；人們少了，電燈也一盞盞的飛昇到天空，變做冷閃的星點，從楓，梧桐，常青樹等所掩映著的人家樓閣的窗戶，絲紗或紅簾的窗戶中，時時閃出幽光與笑聲來，他迷惑了。這已不是囂嚷的街市，是富家的清閒的住宅，另一個世界了。路是幽暗的，近面吹來縹縹緲緲的淒冷的風。星光在天空閃照著，樹影在地上繽紛紛地移動；他一步步地踏去，恰似踏在雲中一樣。他辨別不出向哪一方向走，他要到哪裡去。他迷

惑了，夢一般地迷惑了。

他的心已為環境的顏色所陶醉，酒的刺激也更湧上胸腔來。他就不知不覺的在一家花園的牆外坐下去。牆是紅磚砌成的，和人一般高，牆上做著捲曲的鐵欄柵，園內沉寂地沒有一絲一縷的聲光。

正是這個醉夢中的時候，在灰黯的前路，距他約三四丈遠，出現了兩盞玲瓏巧小的手提燈，照著兩位仙子來了。他恍惚，在神祕的幽光的眼中，世界已換了一張圖案。提著燈的小姑娘，都是十四五歲的女孩子，散髮披到兩肩，身穿著錦繡的半長衫，低頭走在仙子的身前，留心地將燈光放在仙子的腳步中。仙子呢，是輕輕地談，又輕輕地笑了：她們的衣衫在燈火中閃爍，衫緣的珠子輝煌而隱沒有如火點。頸上圍著錦帶，兩端飄飄在身後，隱約如彩虹在落照時的美麗。她們幽閒莊重地走過他，語聲清脆的，芬芳更擁著她們的四周，彷彿在湖上的船中浮去一般，於是漸漸地漸漸地遠逝了。景色的美麗之圈，一層層地縮小，好似她們是乘著清涼的夜色到了另一個的國土。

這時，他也變了他自己的地位與心境，在另一個的世界裡，做另一樣的人了。他英武而活潑的，帶著意外的幸福，向她們的後影甜蜜地趕去，似送著珍品在她們的身後。她們也聽見身後的腳步聲音，回過頭，慢慢的向他一看，一邊就笑了。小姑娘也停止了腳步。她們語聲溫柔地問，

「你來了麼？」

「是。」一邊氣喘的，接著又說了一句，

「終究被我追到了。」

於是她們說，

「請你先走罷。」

「不，還是我跟在後面。」

她們重又走去。他加入她們的隊伍，好像更幸福而美麗的，春光在她們的身前領導她們的影子，有一種溫柔的滋味，鼓著這時的燈光，落在地上，映在天上，成了無數個圈子，水浪一般的，慢慢的向前移動。她們的四周，似有無數只彩色的小翅，蝴蝶身上所生長著的，飛舞著，飛舞著，送她們前去。迷離，鮮豔；因此，有一曲清幽而悲哀的歌聲起了，似落花飄浮在水上的歌聲。她們的臉上，她們丹嫩的唇上，她們酥鬆的胸上，浮出一種不可言喻的微波與春風相吻的滋味來。

她們走到了一所，兩邊是短短的籬笆，笆上蔓著綠藤。上面結著冬青與柏的陰翳，披著微風，發出優悠的聲籟。於是她們走過了橋，橋下流著汀淙的溪水。到了洞門，裡邊就是滿植花卉的天井，鋪著淺草。茉莉與芍藥，這時正開的茂盛，一陣陣的芳香，送進到她們的鼻子裡。

東方也升上半圓的明月，群星伴著微笑。地上積著落花瓣，再映著枝葉的影兒，好似錦繡的地氈一般。

她們走進到一間房內，陳設華麗的，一盞明晃如綠玉的電燈，照得房內起了春色。於是小姑娘們各自去了，房內留著他

與她們三人，—— 一個坐在一把綠絨的沙發上，這沙發傍著一架鋼琴，它是位在牆角的。一個是坐在一把絳紅的搖椅上，它在書架的前面。當她倆坐下去的時候，一邊就互相笑問，

「走的疲乏了麼？」

「不，」互相答。

一邊靠沙發的眠倒了，搖椅上的搖了起來。

他正坐在窗邊的桌旁。桌上放著書本和花瓶，瓶上插著許多枝白薔薇和紫羅蘭。他拿了一本書，翻了兩頁，又蓋好放轉；又拿了一本，又翻了兩頁，又蓋好放轉。他很沒精打采，似失落了什麼寶貴的所有，又似未就成什麼要實現的理想似的。他眼注視著花瓶，頭靠在桌上。

「你又為什麼煩惱呢？」坐在搖椅上的仙子這樣問他，「如此良夜，一切都在微笑了，你倒反不快活麼？」

他沒有回答。而坐在沙發上的仙子接著說了，

「他總是這樣頹喪，憂鬱。他始終忘了『生命是難得的』這句話。」

「我有什麼呀？誰煩惱呢？」他有意掩飾的辯。

「對咯，」搖椅上的仙子說，「只有生活在不自由的世界中的人有煩惱，這煩惱呢，也就是經濟缺乏和戰爭綿連。」

「這也不一定。」

於是沙發上的仙子微笑道，

「難於完成的藝術，或是窮究不徹底的哲理，也和煩惱有關

係罷？」

他沒有回答。於是她接著對搖椅上的仙子說道，

「安姊，我又想起一篇神話來。這篇神話是說有一位中世紀的武士，他誓說要救活一位老人。在未能救活以前，他永遠不發笑。可是這位老人早已死去，連身子也早已爛了。於是這位武士，無論到什麼王國，青年公主愛護他，公爵夫人珍惜他，他終究未發一笑，含淚至死了。他有些似那篇神話裡的主人，要救活早已死去的老人以後才發笑的。」

一邊，她自己笑起來。於是安姊說，

「琪妹，他和古代的哲人或先知差不多。他披著長髮，睡在一個大桶內，到處遊行，到處喊人醒覺。雖則踏到死之門，還抱著身殉真理的夢見。」

這時他說道，

「你們只可作我是小孩，你們不可以生命為兒戲。」

「真是一位以生命殉生命的大好健兒！」

琪妹讚歎的。一邊她向衣袋內取出一方錦帕，拭了她額上的汗珠。

房內一時靜寂的，只微微聞的花香醞釀著。忽然，不知從何處流來了一陣男女雜沓的大笑聲。於是安姊說，

「假如笑聲是生命的花朵，那你就不該摘了花朵而偏愛花枝呢？否則，還是哲理是哲理，生命是生命。」

「是呵，」琪妹接著說，「就是嘗著苦味的時候，我們也要微

笑的去嘗。何況一個人不可為生命，而反將生命拋棄。有如今夜，你不可忘了你的榮歸，不可忘了你的皈依，不可忘了你的淨化！」

「我倒不這樣想，」他淡淡的，「我以為我們踏到天國之門的，還該低頭沉思的走去牽那上帝之手；假如我們要從河岸跳落河底時，我們還可大笑一聲，去求最後的解決。」

一息，他接著又說：「不過我又有什麼呢？我豈不是得了你們的安慰麼？」

「誰知道？」

安姊微笑說。一邊她就搖椅上走了起來，向鋼琴邊前去，眼看一個琴上的樂譜，似有一種深思。一回又拿樂譜，一手在琴的鍵上彈著。她的手飛彈的很快，似機器做的一般，於是她又疑思著樂譜，不發一聲。

而這時沙發上的琪妹，微聲的一笑。一邊眼一瞧他和安姊，一邊又斜一斜頭，—— 而他還是靠著頭，想些什麼。——於是她自己對她自己似的說道，

「你還是喝你自己的葡萄酒！」

安姊是沒有聽到，而他卻慢慢的笑轉過頭向她說，

「我也想喝一杯。」

「你喝它做什麼呢？你有你的思想就夠了，正似她也有她的音樂就夠了一樣。」

他一笑，琪妹就立了起來，向一隻櫥中取出一瓶葡萄酒，

兩隻白色杯子。走到他的身邊，倒出兩杯，放在桌上。

「安姊，妳有音樂就夠了麼？」他問。

「誰夠了？」安姊無心的說。

「妳！」

「什麼？」

「妳有音樂就夠了麼？」

「還有什麼？」她的眼仍注視著樂譜。

這時琪妹輕輕的一笑。

「笑我麼？你們吃什麼？」

「葡萄酒。」

「好妹妹，妳給我一杯罷！」

她口裡這樣甜蜜的說，但身子仍沒有動。

「沉醉於藝術，比沉醉於美酒有味罷？」

這時琪妹已喝了一杯，她心裡立時有一種蕩漾，於是這樣的問著。

「是呀！」他答。

「那末比較思想呢？」她進一步問他。

「思想的味終究是苦的！」

於是他們一笑，接著也就無聲了。

房內有一種極幽祕的溫柔與甜蜜。各人的心浸在各人自己的慾望中，都微微地陶醉。她們有如秋天的鴻雁，翩翩飛翔於蒼空；又如春水綠波中的小鳧，拍著兩翅在沐浴著。一種清涼

的愉美，繚繞於各人的身肢間。

正是這個時候，各人的眼互相微笑著，似有一個猙獰可怕的黑人，向他的房中走進來！她們立刻發出極駭的叫聲，她們立時不見了。他的面前的美景，也隨之消滅！

「喂！你是什麼人？」

一個北音的巡捕，走到他的身邊，嚴厲地向他問。

他沒有答，忿忿地。

「你是怎樣的人？」

「你為什麼要問我啊？」

「因為你不該在這裡睡覺！」

「唉！先生，我沒有好的睡所，竟連一個牆外也不能給我做一個好夢麼？太嚴酷了！」

他忍耐不住，似要流下眼淚！

這位巡捕到這時，卻起了奇怪而憐憫的態度，和聲些說，

「因為這有害於你的身體和公眾，── 你是否酒醉了？你是在幹什麼的人？」

「完全沒有醉，可請你放心。但職業與我有什麼關係？我自己也早早想過，我在幹什麼？但結果一無所幹！我做什麼事情都失敗了！我只有做夢！巡捕先生，假如你要聽，你有閒，我可以將我的好夢告訴你。但我沒有職業，我一無所幹！」

「你說什麼話？我聽不懂。」

「我說的是夢，我有真的夢，假的夢，日裡的夢，夜裡的

夢。」

「我不能聽你的話，」巡捕著急了，「還請你走罷！」一邊揮
他的木棍。

接著他想，

「這人有些瘋了。」

「走，走，世界沒有我的一片土，夢都沒處去自由做了。這
是怎樣的凶暴的世界呵！但自然有等待我的等待著！」

可憐的鼴，說著走去。

他仍在一條苦鬧而穢臭的小街上走。在他的身邊，仍是可
怕的男人，可憎的女子，一群群在惡濁的空氣裡挨來挨去。他
實在奇異了，他實在忿恨了。他的周身立時流出冷汗來，一種
黏溼的冷汗，浹著他的背，胸部，額上。他覺得自己發怔，身
震動著，眼呆呆的睜著，兩手伸的很直，甚至兩腳立住不動。
他的肺部收縮的很緊迫，幾乎連呼吸都窒塞住了。全身的血泛
濫著，似乎在他的鼻孔中，將噴出火來。他覺得眼前在震動，
自己要昏倒了。他嘴裡突然痛問，

「什麼一回事？我在哪裡？」

一邊他又向前衝去。

一時，他又回轉頭來向後邊一望，好似方才的夢境，還在
他的身後繼續的表演一般；又似要找尋方才的兩位仙子，他
要請她們領他去，任她們領他到山崖，領他到海角，甚至領他
到地獄之門，死神的國！但沒有，還是什麼也沒有。在他的身

後，仍是暗燈照著的汙臭之街，── 矮屋，雜貨攤，三四個怪狀的女子繞著一個男人。

他刺激得很厲害，他低頭看看他自己灰色的長衫，他用兩手緊緊地捏著，他恨要將他撕破了，千條萬條的撕破了！他的兩手一時又在頭上亂撩了一陣，一時又緊緊摟著他自己的胸部。一邊口呢喃的說道，

眼前是什麼？

我還做夢麼？

還沒有醒麼？

我不會看麼？

我不會聽麼？

沒有嗅著麼？

去，去，去，

什麼呵？去！

這樣，他又鼓起他的勇氣來。

夢！

什麼也再找不到了。

完了，完了！

我是什麼？

我眼前有的是什麼？

他們曾給我什麼？

我死過一回麼？

方才又是怎樣一回事？

這個世界！

惡的，醜的，

引誘我到死所！

我在哪裡？

她們二人又到哪裡去了？

再不要受愚弄了，

再不要受欺騙了，

去，去，

從夢的世界走出來，

夢也應完結了！

他一邊顛僕不穩地走，一邊七忐八忑地怒想。

這樣，他回到 M 二里。

第七　莽闖

　　時候已十時以後，空氣中有一種嚴肅的寒威，而地面又似蒸發著一縷縷的鬱悶的熱氣。

　　他推進了後門，一口氣跑上了樓。一邊他急忙地脫下他的青灰色的長衫，擲在梯邊的欄杆上。一邊他就立住，抬起下垂的頭向前樓一看。好似前樓有人叫了他一聲，而且是女子用嬌脆的聲音叫他似的。昏迷的他，竟用兩眼在半幽半暗的空氣中，對前樓的門上，發出很強的光來看著。他的全身著了火，而且火焰陣陣地衝出，似要焚燒了他自己和一屋似的。

　　這時他腦膜上模模糊糊的現出了四個字來，

　　「一……個……處……女……」

　　接著就有一個傍晚時在他的房內要問他什麼祕密的女子的態度，恍惚在他的眼中活動。一邊他就立時轉過身，躡著腳向前樓一步一步一步的走了三步。他又立住，他似不敢進去，又似無力進去。他的頭漸漸的斜向地上，兩眼昏昏地閉去，他幾乎要跌倒了。但忽然，又似有什麼人在他的肩上拍了一拍，又帶著笑聲跑走了。他一驚，又什麼都幽暗，一切如死的，只有從前樓的門縫中射出一道半明半暗的光來。

　　這時他身上的火焰更爆發了一陣，他立刻似吃下狂藥一樣，他的勇敢到了極度。他走重腳步，竟向門一直衝去。很快

的推開了門，立著，一看，呀，在燈光明亮的床上，阿珠睡著，阿珠睡著，而且裸體仰睡著！白的肌膚，豐滿的乳房，腹，兩腿，呀，阿珠裸體仰睡著。床上的女人，這時也似乎聽到有人闖進門，轉一轉她的身子。但他呵，在千鈞一髮的時候，心昏了，眼迷了，簡直看不出什麼。身體也賣給了惡魔似的，不能由他自己作主。他向前撲去，神經錯亂地；帶著全身的火，抱住了床上的女人的頭，用兩手捧住著她的兩頰，他似要將她的頭摘起來一樣，他吻著，吻著，再吻著！但這時卻驟然使他駭極了，他感不到半絲溫愛的滋味，他只覺得有一種極濃臭的煙氣，衝進了他的喉，衝進了他的鼻，衝進了他的全身。滿懷的火，這時正遇著一陣大雨似的，澆的冰冷。他用極奇怪而輕急的聲音叫，

「阿珠！」

這頭沒有回答。

他又叫，

「阿珠！」

只聽這頭答，

「叫誰？」

「阿珠！」

只是他的聲音重了。

但這女人，就自動起來，用手緊摟著他的背部，而且將她自己的胸部密湊上去，觸著他的身體；一邊又將他的頭用力攀

到她的臉上，一邊又摸著他的下部。她的呼吸也急迫而沉重。

「阿珠的媽麼？」

他到此切實的問了一聲。

「一樣的！你這該死！」

他聽的清楚了，同時也就看的清楚了，確是阿珠的母親！皮膚黃瘦，骨骼顯露著，恰似一個披著黃衣的骷髏。他的手觸著她的胸上，感到一種無味的燥熱。他急捷想走了，這時他的身子半僵在床上，而他的腳卻踏在地下，他想跑了。他用手推住這婦人的兩肩，而這婦人卻不耐的說，

「你為什麼跑到這裡來？」

「阿珠呢？」

「你不自己想想！」

「我恨她！我要她！」

他忿忿地說出這兩句話。他的牙齒，簡直想在她的胸膛上大咬一口，又想在她的腿邊大咬一口！他的慾火燒到極點，他一下掙扎了起來。而這婦人卻還揪著他的衣叫，十分哀求的，

「先生！先生！求你！一樣的！」

「哼！」

「先生！我早想著你了！」

「哼！」

他重重的兩聲，就很快的跑去到後樓。床上的寡婦，正在床上嚷，還是怒而不敢張聲的，

「該死！你這樣！我要叫了！」

他沒有聽到，又重重地在敲阿珠的門。危險，門是怎樣也推不進。這時那位婦人一邊穿衣，一邊嚷，

「你這該死的！你這發狂的！你發狂麼？現在是半夜，你發狂麼？」

失敗了！他知道什麼都失敗了！清清楚楚的。阿珠的聲音，恐懼如哭一般在房內，

「什麼呀？什……麼……呀？什……麼……呀？」

他在她門口，很重地痛恨的頓了一腳。他胸中的無限的苦悶的氣焰，到此已滅熄殆盡了。他嘆息一聲，

「唉！」

一邊跑回他的亭子間，睡在床上。

在這時那個寡婦，穿起衣服，到他的門外，高聲咒罵，

「你該死麼？你發昏麼？半夜的時候到處亂闖！想強姦麼！想奸我女兒，你這該死的！你狂了麼？」

一邊又換一種口調叫，

「阿珠，妳起來！為什麼不起來？你們早已成就……！起來！阿珠！為什麼不起來？我們送他到巡捕房去！這個該死的！」

阿珠倒反一點沒有聲音。

他睡在床上，簡直知覺也失去了，身子也粉碎了，每一顆細胞，都各自在跳動；這種跳動，又似在猛火裡燒煉！他的肺

部也要漲破了！一袋的酸氣，一時很高的升到鼻中，要似噴出；一時又很低的向背，腰，腿，兩腳間溜去。他一時能聽見婦人的咒罵聲，一時又什麼也聽不見。

而婦人正在咒罵，

「你這該死的，發狂的，⋯⋯」

以後，又聽見一邊說，

「阿珠，妳起來呀！」

阿珠的聲音，

「他跑了就算了，何必多罵，真嚇死人！」

「喊妳不起來，還說這話！」

「被鄰舍聽去有什麼好聽？半夜的時候，他酒喝醉了，跑了就算了。」

「我不肯放鬆，妳起來，送他到巡捕房去！」

「我不起來！他酒喝醉了，送什麼？」

婦人的聲音更怒了，

「妳養漢子！」

「誰？」

「妳為什麼幫他說話？」

「妳自己常睡覺不關門。關好，會闖進去麼？」

阿珠冷淡的樣子。

「妳還說這話麼？妳這不知醜的小東西！」

「不是麼？妳常不關門睡，妳常脫了衣服睡，所以夜半有人

闖進，不是麼？」

於是婦人大嚷而哭，

「唉，我怎麼有這樣強硬的女兒，她竟幫著漢子罵我！她已早和這該死的窮漢私通了！這個不知醜的東西！」

她竟罵個不休，於是阿珠說，

「媽媽，不必多說了！鄰舍聽去不好，他是個醉漢，算了他罷！」

「誰說醉？他有意欺侮我們！」

「他喝了一瓶高粱呢。」

「妳這不知醜的東西！」

他劇痛的心臟，這時似有兩隻猛獸在大嚼它，無數隻鷹鶩在喙吃它一樣。他用他自己的手指在胸上抓，將皮抓破了。血一滴滴地流出來，向他的腹部流下去。一時他又從床上起來，他向黑暗中摸了一條笨重的圓凳子，拿起向腦袋擊，重重地向腦袋擊。他同時詛咒，

「毀碎你的頭罷！毀碎你的頭罷！毀碎你的頭罷！」

空氣中的擊聲的波浪，和他腦的昏暈的波浪成同樣的散射。這樣，他擊了十數下。他無力執住這凳子，凳子才落在地上。

黑暗的房內，似閃著電光。

無數的惡魔在高聲喊采，鼓掌歡笑。

一切毒的動物，用碧綠的眼向他諂媚，向他進攻。

時光停止了，夜也消失了，大地冷了。

他恍恍惚惚僕倒在床上，耳邊又模模糊糊的聽見婦人的咒聲，「你這個混蛋！你這個流氓！你欺騙我的女兒！

你這個發狂的！」

這樣，他又起來，無力昏沉的起來，咬破他的下唇，手握著拳，戰兢的，掙扎著。又向桌上摸了一枚鑽子，他竟向耳內鑽！

「聾了罷！聾了罷！」

一邊自咒，一邊猛力而顫抖地刺進，於是耳內也就迸出血來，流到他的頰。他再也站不住了，他重又僕倒在床上。婦人的罵聲，至此畢竟聽不到了。

這樣，他昏睡了一息。突然又醒過來，身子高高的一跳。他夢中被無數的魔鬼擎到半空，又從半空中拋下到地面來。他不能再睡覺，他覺得這房很可怕，和腐臭的墳穴一樣。他一動身子，只覺全身麻痺，肉酸，骨節各不相聯絡。頭如鐵做的一樣，他恍惚聽到很遠很遠的地方，有女人在哭她的丈夫，什麼「丈夫呀！」「我的命苦！」「有人欺侮她！」「女兒又不聽話！」這一類的話。一忽，又什麼都如死，只有死的力量包圍著他。

又過一刻鐘，他漸漸的精神豁朗一些。好像已經消失去的他，到此時才恢復了一些原有的形態。他漸漸了解起他自己和那位婦人並女子的胡鬧來。

「我怎樣會到了這個地步？唉！死去罷！」

一邊，從他眼中流出湧洶的淚來。

唉！死去罷！

死神喲，請你賜給我祕訣罷！

簡捷了當去死去！

可憐的人！

還有什麼最後的話？

也太作惡了！

除了死去外，

沒有別的方法！

這時他又轉展一下身子，但還是手是手，腿是腿，軀幹是軀幹；身體似分屍了。他覺得再不能停留在這房內，他的房如一隻漏水的小舟，水進來了，水已滿了地面，房就要被沉下海底去了！他再不找救生的方法，也就要溺死了。

但一時，他又不覺得可怕，只覺得可恨！他不願求生，他正要去死！

他起來向窗站著，全身寒戰。

他一時用手向耳邊一摸，耳中突然來了一種劇痛。一時又在額上一摸，覺得額上有異樣的殘破。一時兩手下垂很直。

他在黑暗的房內，竟變做死神的立像！

離開這墳穴罷！

快離開這墳穴罷！

不能勾留了，

而且是人類存在的地方，

也不能駐足了。

離開罷！

簡捷了當的！

他又慢慢的環顧房內，房內是怎樣的可恨呵！

這時隱隱約約的聽見，什麼地方的鐘敲了二下。

「走罷！快走！死也不當死在這房內！」

勇氣又鼓起他，唯一的離開這裡，避了婦人的梟的鳴叫。

他垂下頭，似去刑場被執行死刑一般地走了。

第八　死岸上徘徊

他走出門外，深夜的寒氣，立刻如冷水一樣澆到他的身上來。他打一寒怔，全身的毛髮都倒豎起來，似歡迎冷氣進去。他稍稍一站，隨即又走。

他走了一里，又站住想，

「往那邊去做什麼？」

一邊回轉來向反對的方向走。又想，

「一條河，我要到那河邊去。」

這時，東方掛著弓形的月亮。這月亮淺淺紅色，周圍有模糊的黃暈，似流過眼淚似的。一種淒涼悲哀的色素，也就照染著大地，大地淡淡的可辨：房屋，樹，街燈，電杆，靜的如沒有它們自己一樣。空氣中沒有風，天上幾塊黑雲，也凝固不動。

他在街邊走，這街半邊有幽淡的月色，半邊被房屋遮蔽著。他在有月色的半邊走。

他低頭，微快的動著兩腳。有一個比他約長三倍的影子，瘦削而頭髮蓬亂的，也靜靜地跟著他走。

他一邊走，一邊胡思亂想：

我為什麼要這樣勉強地活？

我為什麼呵？苟且而敷衍，

真是笑話！

我侮辱我的朋友，
我侵犯我的主人，
我不將人格算一回事，
我真正是該死的人！

走了一段，又想：

方才我的行為，究竟是怎樣一回事？
唉！我昏迷極了！
我不酒醉，阿珠代我的解釋是錯的。
我完全自己明白，
我想侵犯人類，
我想破壞那處女，
那是我所憎恨的！
我昏迷了！
唉，什麼事情都失敗了！

他仰頭看了一看弓月，又想：

天呀！我活著還有什麼意思呢？
我不該再偷生了！
我是人的敵人，
我自己招認，
我還能在敵人的營內活著麼？
回到那婦人的家裡去住麼？
和敵人見面，

向敵人求饒，

屈服於敵人的勝利之下，

我有這樣的臉孔麼？

不，不，絕不，

我是一錢不值的人！

我活著還有什麼意義呢？

去死！去死！

你還不能比上蒼蠅，蛆，垃圾！

你可快去毀滅你自己了！

到這時，他悲痛而有力地默想出了兩字，

「自殺！」

很快的停一息，又想出，

「自殺！！」

一邊，他又念：

還留戀什麼呢？

母親呵，可憐，

還留戀什麼呢？

決定自殺了！

勇敢！

不死不活，做什麼人？

而且這樣的活，和死有什麼分別呢？

死是完了，

死是什麼都安樂了！

死是天國！

死是勝利！

有什麼希望呢？

快去，

快去！

自殺！

自殺！！

他的腳步走的快了，地上的影子也移動的有勁。

他走到了一條河邊，——這河約三四丈闊。——他站在離水面只有一步的岸上，他想，

「跳河死去罷！」

河水映著月光，灰白的展開笑容似在歡迎他。再走上前一步，他便可葬在水中了！但他立住，無力向前走。他胸腔的剜割與刀剖，簡直使他昏倒去。身子似被人一捺，立刻坐下岸上。這時他心裡決絕地想：

死罷！

算了罷！

還做什麼人？

跳落河去！

勇敢！

但他兩腿似不是他自己所有的，任憑怎樣差遣，不聽他的

命令。淚簌簌的流，口子哀哀的叫，目光模糊的看住水上。

　　一時他臥倒。在他的胸腹內，好像五臟六腑都粉碎了，變做粉，調著冰水，團作一團的塞著一樣。他一時輕輕叫媽媽，一時又叫天。他全身的神經系統，這時正和劇烈戰爭一樣，——混亂，呼喊，廝殺，顛僕。

　　這樣經過半點鐘，他不動。於是周身的血，漸漸的從沸點降下來，他昏沉地睡在岸上想：「無論怎樣，我應該死了！明天我到哪裡去呢？回到Ｍ二里去見那女子和婦人麼？無論怎樣，不能到天明，我應該結束我的生命了！此時自殺，我已到不能挽救的最後；得其時，得其地，我再不能偷生一分鐘了！我還有面目回轉家鄉麼？我還能去見我的朋友麼？可以快些死了！可以快些死了！」

　　停一息，又想，

　　「今夜無論怎樣總是死了！總等不到太陽從東方出來照著我水裡掙扎的身，我總是早已被水神吹的身子青腫了！」

　　淚又不住地流下。

　　「唉，我如此一身，竟死於此汙水之中，誰能想到？二三年前，我還努力讀書，還滿想有所成就，不料現在，竟一至於此，昏迷顛倒，憤怒悲傷！誰使我如此？現在到了我最後的時候了！我將從容而死去！還有什麼話？不悲傷，不恐怕，我既無所留戀，我又不能再有一天可偷生，還有什麼話？我當然死了！死神在河水中張開大口要我進去，母親呵，再會了！」

　　這時確還流淚，而他沸騰的血冷了，甚至冰冷了！自殺，他已無疑義，而且他無法可避免，他只有自殺了！他看死已不可怕了！所以他一邊坐起，再立起，在岸上種著的冬青和白楊樹下往還的走。一時在冬青樹邊倚了一下，一時又在白楊樹下倚了一下；眼淚還在緩緩的流，他常注意他自己的影子。

　　月亮更高，光比前白些。

　　他一邊又想：「明天此刻，關於我死後的情形不知道怎樣？清和偉，當首先找尋我，或者，我青腫難看的身子，在天明以後，就被人發現了。唉，我現在也沒有權力叫人家不要撈上我的屍體，或者，我的屍體很容易被清偉二人碰著。他們一定找到此地來，唉，他們的悲哀，我也無從推測了！唉，朋友呀，你們明天竟要和我的屍體接吻，你們也曾預料過麼？你們現在做著什麼夢？唉，你們明天是給我收屍了！你們的悲哀將怎樣呢？唉，有什麼方法，使我的身子一入河，就會消解了到什麼都沒有，連骨骼都無影無蹤的化了，化了！我沒有屍體，不能被別人撈起，不能給別人以難堪的形容，死神呀，你也應該為我想出方法來。否則，我的朋友們不知要悲傷到怎樣。還有我的媽媽和弟弟，他們恐將為我痛哭到死了！清君找到我的屍體以後，他一定拍電報給我的母親，唉！最親愛的老母呀，妳要為我哭死了！唉，媽媽，妳不要悲痛罷！天呵，我又怎樣能使我年老的母親不悲痛呵！我殺了自己，恐怕還要殺死了我的母親。假如母親真為我而哭死，那我的弟弟，前途也和死一樣的

灰黯了！死神呀，你一定要告訴我，你有什麼法子，可以使我的屍體不被人發覺呀！我的屍體不發覺，誰還以為我未死，到新疆蒙古去了；我的屍體一發覺，有多少人將為我而身受不幸呵！唉，我的名分上的妻，我的罪人，她是一個急性的女子，她早已承認我是她的丈夫，她一定也要為我而死去罷？一定的，她抱著舊禮教的鄙見，她要以身殉我了！雖則她死了一萬個，我不可惜，但我如此潦草一死，害了多少人 —— 悲苦，疾病，死亡，一定為我而接連產生了！唉，我是悲劇的主人麼？叫我怎樣做呀？叫我怎樣做呢？我若沒有使屍體分化，使屍體消滅，掩過了自殺的消息的方法以前，我似還不該死麼？還不到死的時候麼？唉，叫我怎樣做呵！」

他一邊徘徊，一邊思想，簡捷的跳河，所謂多方面的顧慮，有些猶疑了。這樣，他一下又坐在冬青樹下，自己轉念，

「我留戀麼？我怕死麼？還不到死的時候麼？何時是我死的時候呢？我還想念我的母親和人們麼？我忘記他們是我的敵人麼？貪生怕死的人，唉，懦夫！我是懦夫麼？」

末了的幾句，他竟捏著拳叫出。

於是他又忽然立起，向河水走了兩步，再走一步他就可跳下河裡。但他不幸，未開他最後的一步，他立住，他昏倒，同時他又悲哀的念，

我的自殺是沒有問題了！

偷生也沒有方法，

怕死也沒有方法，

我的死是最後的路！

但這樣苟且的死，

以我的苦痛換給母親和弟弟們，

我又不能這樣做了！

無論什麼時候，死神都站在我的身邊的，

明天，後天，時時刻刻。

我該想出一個避免母親們的苦痛的方法以後，

我都可任意地死去。

我既了草的活了幾年，

不可以了草的再活幾天麼？

了草地生了，

還可了草地死麼？

雖則我的自殺是沒有問題！

垂頭傷氣的他，在河邊上徘徊，做著他的苦臉想，他臉是多麼苦呵！他停了一息又念，

「好，我絕不此刻死，

「先要有遮掩死的形跡的方法！」

於是他就臥倒在一株白楊樹下。死神似帶著他的失望悲傷走過去了，一切纏繞沒有了！他留著平凡，無味，硬冷的意識，在草地上，通過他的身子。

弓月很高，東方顯示一種灰色，幾片雲慢慢動著，不知何

處也有雞叫的聲音。一切都報告，天快要亮了。

他這時除了渾身疲乏，倦怠，昏耳貴，彷彿之外，再不覺有什麼緊張，壓迫，氣憤，苦惱了。他再也想不出別的，思潮勸告他終止了。他最後輕輕地自念，睡去時的夢語一般，

完了！完了！

我已是死牢裡的囚犯。

任何時都可以執行我，

聽了死神的意旨罷！

他看眼前是恍恍惚惚，四周布著灰白的網。一時他疑他自己是網裡的魚，一時又想，「莫非我已死了麼？否則，我的身子為什麼這樣飄浮，似在水中飄浮一樣呢？」但他睜眼視天，低頭觸地，他確未曾自殺。於是他更模糊起來，身子不能自主的，眼微微閉去；什麼都漸漸的離開他，海上一般地浮去。

第九　血之襲來

月光通過紛紜的白楊枝葉，繽紛的落在地上；地面似一張淡花灰色的氈毯，朱勝盥正在毯上僵臥著。

東方由灰色而白色了，再由白色而轉成青色，於是大放光明；白晝又來了。安息的夜神，一個個打呵欠而隱沒；日間的勞作的苦，又開始加給到人們的身上。

他醒來，他突然的醒來，似有人重重的推醒他來。

他很奇怪，他為什麼會在這裡？為什麼會睡在這天之下？他從什麼時候睡起，又睡了多少時候了？他想不清楚。

他揉了一揉眼，兩眼是十分酸迷的；一邊就坐起，無聊的環視他的四周，──河，路邊，樹，略遠的人家。他就回想起昨夜的經過了。但回想的不是昨夜，可以回想到的事似不是昨夜的事；飄緲，彷彿，好似事情在很久很久以前，自殺的想念對於他，似隔了一世了。徘徊在河邊上，似遼遠的夢中才有過，不過他又為什麼會睡在這裡呢？

他經過好久的隱約的呆想，追憶；他才連接著他的自身與昨夜的經過的事情來。三三五五的工人，走過他的路邊，他們談著些什麼，又高聲而議論的；有的又用奇怪的眼睛看看他，他們是很快樂而肯定的一班一班走過去。

何處的工廠的汽笛也叫了。

他不能再留在這樹下，他立了起來，身子幾乎站不住。他的皮膚也冰冷，衣服很有幾分溼。心頭有一縷縷的酸楚。

他不知要到什麼地方去，他沿著太陽所照的路邊走，低頭喪氣的走。他的兩腳震顫著，胸腔苦悶，腹更擾絞不安。胃似在擺盪，腸似在亂繞，這樣，他似餓了！

他默默地走了一程。到了一條小街。馬路的旁邊，擺滿各色各樣的食攤，吹飯，湯圓，麵，大燒餅，油條，豆腐漿等等。許多工人和黃包車伕，雜亂的坐在或立在那裡吃。口嚼的聲音，很可以聽見。東西的熱氣與香味，使他聞到。他默默地向那些目的物無心走近去。

有一攤豆腐漿在旁邊，吃的人只有一二個。

他實在想不吃，立住而那位攤夥殷誠的招呼他，

「先生，吃碗漿麼？」

一邊拿了一隻碗用布揩著。舉動很忙的，又做別的事。

他又不自主地走近一步。那位夥計又問道，

「先生，甜的？鹹的？」

他一時竟答不出來。沒精打采地在攤上看了看，只模糊地看見攤上放著白糖，油渣，蝦皮，醬油，蔥之類。許久他才答，

「鹹。」

聲音還是沒有。

「甜的？鹹的？」夥計重問。

「鹹，」終於說出很低。

那夥計又問，急促的，

「蝦皮？油渣？」

而他好似不耐煩，心想，

「隨便罷！」

在他未答以前，又來了一位工人，年紀約五十以外，叫吃油渣的腐漿一碗。於是這夥計就用早揩好的碗，將給亂的，立刻盛了一滿碗的漿，放在這老工人的面前。一邊，又拿了一碗，用布一揩，放些蝦皮，醬油，蔥，泡滿一碗熱氣蒸騰的漿，放在亂的面前。

他呆呆的想吃了，唉，喉中不舒服，黏澀，隨即咳嗽一聲，送出痰，他一口吐在地上，一看，唉，卻是一朵鮮血！血，他喉中又是一咳，又吐出一口來！這樣接連地吐了三口，他不覺兩眼昏眩了。他立刻想走，一邊對那夥計低聲說，

「我不吃了。」

一邊就走。

但那不知底蘊的夥計，立時板下臉，高聲說，

「喂，怎麼不吃？錢付了去！」

這時那位老工人已經看清楚這事，他和氣的向那攤夥說，

「給我吃罷，他已吐了三口血了！」

一邊吃完他自己的，就捧過亂的這碗去吃。夥計看了一看鮮血，也沒有再說話。而那位老工人卻慨嘆的說道，

「這位青年是患肺病的，唉，患肺癆病是最可憐！他好像是一位文人，窮苦的文人。像他這樣，實在還不如我們做小工做小販好的多！」

而這時的盠呀，他雖在走著，卻不知道他自己究竟在海底呢，還在山巔？在海底，海水可以激著他；在山巔，山風可以蕩著他。而他是迷迷漠漠，他竟在灰色中走！四周是無限際的灰色呵；什麼房屋與街道，囂擾與人類，消失了，消失了！他好似他自己是一顆極渺少的輕原質，正在無邊的太空中，飄呀，飄呀，一樣。

「世界已從我的眼內消失了！」

他輕輕自己這麼說，一邊又咳出了一口鮮血。他不願將他自己的血給人們看見，摸出一方手帕，以後的咳，他就將血吐在手帕內，這樣又吐了幾口。他恍恍惚惚的想坐一息，但又不願坐，游泳一般的走去。這樣，他心中並不悲傷，也不煩惱。他也不思想什麼，記念什麼。他只覺口子有些味苦，喉中有些氣澀。

這時，他轉到 S 字路，M 二里，無心的跨進他的寓所。他很和平，他很恬靜，過去的一切，在他也若有若無。就是他記得一些，也不覺得事情怎樣重大，不過是平凡的人類動作裡面的一件平凡的事件，胡鬧裡面的一個小小的胡鬧就是了。他一些沒有恐怕，好像人們與他的關係，都是疏疏淡淡的。

當他上樓的時候，阿珠正將下樓。她一看見他，立刻回轉

身，跑回到她自己的房內去，十分含羞和怕懼他似的。等蠱走上樓，到了他的亭子間，輕輕的關上了門以後，她才再從她的房中出來，很快的跑下樓去。

這時，阿珠的母親還沒有起來，她裝起了病態。

第十　周到的病了！

　　他隨手將門關好以後，他並沒有向桌上或四周看，就向床睡下去。並不胡亂的就睡，是先拉直了棉被，又慢慢的很小心的將它蓋好在身上。他十二分要睡，他十二分想睡，全身一分力也沒有，他的身子貼在床上，似乎非常適宜，妥當。他一邊將包血的手帕擲在床邊的破痰盂中，一邊又咳嗽兩聲，隨即又吐出半血的痰。他閉著眼，睡在床上，並沒有一動。他想：

　　什麼都永遠解決了！

　　生命也沒有問題了！

　　死也沒有問題了！

　　這樣輕輕地一來，

　　用心真是周到呀，

　　比起昨夜的決絕，

　　不知簡便到多少了！

　　輕輕地一來，

　　還有什麼更好的方法？

　　這樣，他又咳嗽了兩聲。又想：

　　真是我的無上的幸福！

　　真是我的絕大的運命！

還有什麼更好的方法，

比這病來掩過母親的悲痛呢？

美麗的病的降臨呀，

再也想不到上帝給我的最後的贈品，

是這麼一回事！

他又咳嗽，又吐一口血。

我為什麼會咳嗽？

雖醫生早說我有肺病，

但我從不曾咳嗽過。

唉！可見方法的周到，

是四面八方都排列的緊密的。

於是我就落在緊密的網中了，

我真幸福呀！

　　他鎮靜著他自己，以為這樣的亂想也沒有意思。「吐血就是了，何必多想？何況我的病是我自己製造出來的，是我自己一手培植起來的，安安靜靜地等著死，豈不是很幸福麼？」這樣，他不想「想」了，他要睡去。但還睡不著！他愈不想「想」，思想愈要來刺激他！於是他覺得全身有熱度，手心和額角都滲透出汗來。似乎房內的空氣很乾燥，他很想飲一杯茶。但桌上茶壺裡的開水昨天就完了，眼前又沒有人。一瓶未完的高粱放著，── 它是恭恭敬敬的一動未曾動。他很想喝它一口。但手探出去，又縮回來了。不知怎樣，似有人制止他，喝他一聲，

「喂，還沒有到死的時候呀，不要喝它罷！」

他的本能也應答道，

「是呀，酒是千萬喝不得的！」一樣。

房內是很寂寞呵，房外也沒有怎樣的聲音。有時他聽得好像在前樓，那婦人嘆聲，又呢喃的說。但此外就一些聲音也沒有。

他這時似有幾分寂寞的膽怯。不知怎樣，他睡在那裡，好像迴避逮捕似的；而暗探與兵警，現在又來敲他的門了！他身子向床壁與被內縮進一下，他很想安全的睡他一下。但還是無效，他房內的空氣，還是陰澀乏味，而又嚴重。一時，他又似他自己是臥在古墓的旁邊，一個六月的午後，涼風與陽光都在他的身上。但一時他又似躲在高大的松林下，避那奔瀉的狂風暴雨。睡著，他的心怎樣也睡不著，一種微妙的悸怖與驚恐，激盪著他。他一邊涔涔的流出幾滴淚，一邊隱約的想到他的母親。

「媽媽呀！」

他叫了一聲。但他的媽媽在哪裡呢？遼遠遼遠的家鄉呵。

這樣，他一邊害怕，一邊乾渴，有時又咳嗽，吐出半血的痰。他的內心感受著冷，他的身外感受著熱。他足足輾轉了二個多時，——這時，寡婦房內的鐘是敲了十下，他才恍惚的閉上眼去，夢帶著他走了。

一忽，他又醒來。他十分驚駭，當他兩眼朦朧的向前看

時，好像他的母親，家鄉的最親愛的母親，這時坐在他的床邊。他幾乎「媽媽呀！」一聲喊出。他用手去握，但眼前什麼人也沒有。

於是他又昏昏的睡去。

在這次的夢境裡，他確實地遇見了他的母親。他還痛痛快快地流他的淚伏在他母親的懷中。好像在曠野，他母親也在曠野哭。但一息，情景又像在十數年前，他的父親剛死掉的時候，他還是十一二歲的小孩子。他母親終日在房內掩泣，而他卻終日跟住他母親的身邊叫，「媽媽，」「媽媽，」「你不要哭了！」「你止住哭罷！」一樣。他被抱在他母親的懷裡，有時他母親用勞作的手撫著他的頭髮，而他也用哭紅的眼，含著淚耀著的眼，看著他母親愁苦的臉色。有時他母親滴下淚來，正滴在他的小口中，他竟慢慢的將淚吃下去了。這樣，他在夢中經過許久。他受到了苦而甜蜜的，酸而溫柔的母親的愛的滋味。

但一下，他又醒來了。在他朦朧的眼中，眼前模糊的還有他的母親的影子。微開了眼看，又似沒有人。但慢慢的，眼前仍有人影，呀，正是他的朋友李子清坐在他的床邊，—— 低頭深思著。再一看，還不止一個清，葉偉也坐在桌邊，默默的；翼與佑也坐著，在門與窗的中間牆角，也默默的。滿房的友，他稍驚怪，不知他們是何時進門，何時坐著的。他們個個都顯出一種愁思，憂慮在他們的眉宇之間，他們一句話也沒有說，當蠡醒時，他們還一句話也沒有問，他們只睜睜眼，一齊看一

看黷，而黷又不願意似的，掉轉頭翻過身去。這樣又一息，黷覺得口子非常的渴，——他在夢中飲了他母親的老年的鹹淚了！——口子非常的渴，他想喝茶。這時眼又見桌上的酒瓶，他想伸手去拿來喝一下，橫是借吐血之名而死，是代替他自殺的好方法。可是他沒有勇氣，沒有力量去拿，他的身體已不能由他的心指揮。他又不知不覺的轉過頭，慢慢的向清說道，

「清，我很想茶喝。」

「呵，」清立刻答應。清也立起，向牆角找久已壞了的那酒精燈。偉說，

「我到外邊去泡罷，可以快些。」

「我去泡。」佑很敏捷的拿了茶壺，昨天用過的，開門出去。

房內又寂靜一息，清似乎止不住了，開口輕輕的向黷說，

「我想去請 Doctor 嚴來給你看一看。」

「不必。」

他說的聲音很低，和平。一邊，他很熱似的伸手在被外，清就在他的脈搏上診一診，覺得他的脈搏是很弱很緩，手心也微微的發燒。清說，

「請醫生來診一診好些，橫豎嚴君是我們的朋友，又便的。」

「不必。」

「什麼時候起的？」

「早晨。」

「現在你心裡覺得怎麼樣？」

「很好。」

「喉裡呢？」

「沒有什麼。」

稍停一忽，清說，

「我們四人同來的時候，你正睡熟。我們是輕輕地推進門的。我們一見你的血，就什麼話也說不出來。我們只靜靜地等你醒來。你在睡夢中好幾次叫你的母親，此外就是疲乏的嘆息。偉哥立刻就要去請 Doctor 嚴來給你診察，我說等你醒，再叫，你現在覺得怎樣？」

「沒有什麼。」他答。

這時泡茶的佑回來，他執禮甚恭的兩手捧著茶壺進來，偉迎著，發了一笑，隨即用昨夜蠱吃過酒的杯子，抹了一抹，倒出一杯開水。

「為什麼不放茶葉？」他一邊問。

「病人是開水好一點。」佑答。

但開水還是不好，開水很沸，蠱心裡很急，又喝不得口，他蹙著眉說，

「拿冷水給我喝罷，自來水是不費錢的。」

但誰聽他的話？過了兩分鐘，蠱也就將這杯開水喝完了。這有怎樣的滋味？它正和夢中的那杯葡萄酒差不多。他頓時覺得全身舒暢，精神也安慰一些。一邊清問，

「還要麼？」

「還要。」

於是又喝下第二杯。

「這是仙露，這不是平常的開水。」蠡想，一邊問，

「現在什麼時候了？」

「十一點一刻。」佑查一查他的手錶，答。

「是吃中飯的時候麼？」

他們不了解他的意思。清又問，

「現在去請嚴醫生來好麼？」

「已經說過三次的不必了。」

他不耐煩地，一邊心想，

「我假如昨夜自殺了，現在不知道你們怎樣？另有一番情形了，另有一番舉動了，但我昨夜又為什麼不自殺呵？！」

一邊，他低低的說，

「這次病的襲來，於我真是一種無上妙法，我還願叫醫生來驅逐去麼？我於這病是相宜的，在我的運命中，非有這病來裝置不可。因此，我決計不想將我的病的消息告訴你們，但你們偏要找到這裡來。現在你們已給我兩杯開水了，謝謝，還請給我第三杯罷。」

「好的。」清忙著答。

於是他又喝下第三杯，接著說，

「我很感激你們對於我的要求給以滿足，但我不想做的事

情，無論如何，請你們不要代我著想。」

一邊似乎微笑，一邊又咳嗽了兩聲。清說，

「你總是胡思亂想，何苦呢？你病了，你自己也知道這是重大的病，那應該要請醫來來診察，怎麼又胡思亂想到別的什麼呢？你總要將你的一切不規則的幻想驅除乾淨才好，你的病是從你的幻想來的。譬如這幾天，你的精神有些衰弱，但你又偏要這樣的喝酒，」他抬頭看一看桌上的酒瓶。「酒吃了，幻想更興奮，一邊精神也更衰弱，這樣是怎麼好呢？蠱哥，你該保重你的身體才是，你應知道你自己地位之重要，無論如何，要掃除你的幻想才好。」

清慢慢的說來，似還沒有說完，而蠱氣急的睜大眼道，

「好了好了，清，你真是一位聰明人，但請不要在我的前面，賣弄你的聰明罷！」

「好的，你又生氣麼？」清悲傷地。

「誰？……」蠱還想說，可是又沒有說。

而偉卻關照清，搖一搖頭，叫他不要和他多說。

關著的門，又被人推進來，是阿珠！

她很奇怪，她好像陌生的貓，想進來而又不想進來。她又很快的進來了，走到蠱的床前，清的身邊，一句話也不說，只低頭含羞似的。想說了，又不說。於是清問，

「妳做什麼？」

四位青年的八隻眼睛都瞧在她的身上，等她回答。她眼看

床上的棉被，嬌飾的說，

「朱先生，媽說請你……」又沒有說下去。

這時她也看清楚，痰盂內有血。她也似難受，話不好說。於是她立刻就跑，很快的裊著身子，低著頭跑回去。

「奇怪的女子！」清忿怒的在後面說。

「怎麼有這樣妖怪式的年輕姑娘？」偉三人目送著她，心裡也這麼想。

蠡卻明白了，她為什麼來，負著她母親的什麼使命，想說些什麼話，又為什麼不說，又為什麼要跑回去，——他對她不能不感激了。他的心頭一時又難受，血又跳的快起來。一邊又咳嗽。

這時清又輕輕的問，

「還要茶麼？」

「不要了！」

他的口子還是乾渴的，可是他不想再喝了。

偉看這樣的情形，似乎不得不說。若再不說，那連朋友的義務都沒有了。於是他等蠡咳完了以後，就向清說道，

「清，我想，無論蠡的心裡怎樣，我們不能不請醫生來給他診一診，像這樣的病是不能隨隨便便好去的，否則，我們連常識都沒有了。我想停一息就走，回去吃了中飯，就請嚴醫生同來，你以為怎樣？」

「是的，」清答，「這樣很好。」

　　但翾很急的轉身要說，他的火似從他的眼中沖出，他竟想喊出，

　　「你若請醫生來，先請你不要來！」

　　可是不知怎樣，他終於沒有聲音。他嘆息了一聲，仍轉身向床壁。清說，

　　「偉，你此刻就走罷，快些吃了飯就到嚴醫生那裡去，否則，他吃了飯會先跑走。」

　　「是的。」佑附和的說。

　　偉好似對於醫生問題解決得勝的樣子，立起身微笑地走去。

　　這時候，清又向佑，翼二人說，

　　「你們也回去吃飯罷。」

　　「你的中飯呢？」翼問。

　　「不吃也不要緊。」清答，接著又問，

　　「你們下半天來麼？」

　　「來的，」二人回答。

　　「假如你們有事情，不來也可以；假如來，請你們給我買一個大麵包來。」

　　「還有別的麼？」佑問。

　　「帶一罐果子漿來也好。」

　　「翾哥也要吃麼？我們看見什麼，也可以買點什麼來。」

　　「好的。」

　　於是他們互相一看，也就低頭去了。

　　房內一時又留著沉寂。

第十一　診察

　　他們去了以後，房內許久沒有聲音。

　　蠲睡在床上，轉著他的眼球向天花板和窗外觀望。他心裡似想著什麼，但又不願意去想它似的，眉宇間稍稍的含愁。他的蒼白的臉，到日中的時候更顯出蒼白。清的表面上是拿來了一本《康德傳》在翻閱，實際他的心又計算著什麼別的。一時，從窗外飛來了一隻蜜蜂，停在他的書上，鼓著它的兩翼。清用指向它一彈，蜜蜂又飛回去了。

　　以後，聽得前樓的寡婦，叫了許多聲「阿珠！」當初阿珠沒有答應，婦人又叫，阿珠就在後樓答應了。平均每分鐘叫一次阿珠，什麼事情，卻因她說的很低，話的前後又不相連續，事又似不止一件，所以清聽不清楚。阿珠的回答，卻總是不耐煩。有時更似乎在反抗，當她從後樓跑下梯去的時候，又喃喃作怨語。阿珠的跑到樓下，似為的拿點東西，但東西拿到前樓，寡婦又狠聲罵她，阿珠竟要哭出來的樣子。於是又跑回到她自己的後樓去。婦人又叫，又聽見阿珠的冷笑聲。阿珠的跑下樓去不止一次，跑到前樓以後，她就跑回她的後樓。而寡婦的叫喊，卻正不知有多少次！以後，清聽得婦人罵了幾句阿珠以後，接著是她高聲的喃喃的自怨，

　　「我怎麼有這樣的一個女兒！對頭的女兒！人家欺侮我，她

更幫人家來欺侮我。差遣她，又不靈；我真不該生出她來！唉，我早知她是這樣，我一定把她浸在開水裡溺死了！我真不該生出這樣的女兒。沒有她，我還可以任意飛到哪裡去，現在，她還幫著人家來壓制我。唉！」

於是阿珠在後樓說，

「為什麼不把我浸在開水裡溺死呢？哼，我怎麼也有一個對頭的媽！妳自己做不了的事情，偏要我做；我做了，妳又罵我不對。我真不知道妳為什麼要生出我來呢？不生出我，妳可以自由；生出我，妳還可以溺死我的。又為什麼不溺死我呢？溺死我，我也可以安穩了，我也可以不要一天到晚聽罵聲了！」

前樓的婦人又說，

「妳說呀？妳現在已大了，妳可以跟人家去了！」

阿珠又說，

「誰要跟人家去？妳自己說沒有我可以任意飛到哪裡去。」

以後就是婦人的嘆息聲。

清聽了這些話，心裡覺得很氣，他說不出的想對她們教訓一頓。這時他向蠱說，

「這裡是很不適宜於你的身體的。」

蠱沒有答。一息，清又說，

「以你這樣的身體，浸在梟聲一樣的聲音中，怎麼適宜呢？」

「清呀，你不要錯誤了！」蠱這時才眨了一眼，慢慢的開

口，精神似比以前康健一些。他說，「你不要看我看得怎樣高貴，看她們看得怎樣低賤呵！實在說，我現在身價之低賤，還不如那個婦人呢！」

「你又故自謙虛了，這是什麼意思呢？」

「嘿，她要你們搬出這房子，你怎樣？」

「搬好了。還怕租不到房子麼？」

「是呀，她可以左右我！」

「這有什麼稀奇呢？」

「不稀奇，所以我為社會廉價的出賣，又為社會廉價的使用！」

「不是這麼說法，你錯誤了。」清微笑的。

「我有哪一分可以驕傲呢？」

「我們是有優秀的遺傳，受過良好的教育；自己又尊重自己的人格。她們呢，母子做起仇敵來，互相怨罵，你聽，成什麼話？」

但這幾句話，刺傷蠡的心很屬害。蠡自制的說，

「清呀，所以你錯誤了，你只知道人們表面的一部分事情呵！」

清總不懂他的意思，也就默然。一息，話又轉到別一方面去，清說，

「我想你還是移到醫院去住一月，好麼？」

「可以不必。」

「聽醫生的說法，或者還是移到醫院去。」

「沒有什麼。」

「這樣的兩個女人，實在看不慣，好似要吃人的狼一樣。」

「不要提到她們了！」

蠱煩躁的，一邊蹙一蹙眉。

這樣又靜寂許多時，佑與翼回來了。佑的手裡是拿著果子漿與大麵包，翼是捧著幾個雞蛋與牛肉。他們腳步很輕，舉動又小心的將食物放在桌上。又看一看床上的蠱。佑說，

「東西買來了。」

「你們也沒有吃過中飯麼？」清問。

「吃過了。」

「買這許多東西做什麼？」

「蠱哥也要吃些罷？」

一邊清就取出一把刀，將麵包切開來，再塗上店裡將罐開好的果子漿。一邊問蠱，就遞給他，

「你想吃片麵包麼？」

「好的。」蠱不自覺地這樣說，手就接受過去了。

他一見麵包，再也不能自制。清還只有吃一口，他已一片吃完了。於是清問，

「要牛肉麼？」

「隨你。」

「雞蛋呢？」

「也好。」

「再給你一片麵包麼？」

「可以。」

「多塗上些果子漿好麼？」

「隨便。」

「還要什麼呢？」

「是的。」

這樣，他竟吃了三片麵包，三塊牛肉，兩個雞蛋。

他還想吃，終於他自己制止了。

他這時仰睡在床上，好像身子已換了一個。舊的，疲乏的身體，這時是滋潤了，可以振作。一邊，他想起他昨夜的賭咒來，「我是怎樣的矛盾！」他自己心裡感嘆，什麼話也沒有說。

又過幾分鐘，清也吃好了。牛肉，雞蛋，都還剩著一半。他又將它們包起來，放在桌下。放的時候，清說，

「晚餐也有了，我真願意這樣吃。假如再有一杯咖啡，二只香蕉，恐怕可以代表五世紀以後的人的食的問題了。」

於是佑接著說，

「生活能夠簡單化，實在很好。」

「這也並不是怎樣難解決的事情，」翼慢慢的說，「在我呢，每餐只要四兩豆腐，半磅牛肉，或者一碗青菜，兩隻雞蛋，竟夠了夠了。」

「你說的真便當，你這麼的一餐，可以給窮人吃三天。」

「這也不算怎樣貴族罷？」

「已經理想化了。」

這樣停止一息，翼說，

「社會的現象真不容易了解，菜館裡的一餐所費，夠窮人買半年食糧，普通的，不知有多少！至於一餐的浪費可以給中等人家一年的消耗而有餘，更有著呢！理想本來很簡單的，事實也容易做的，但現在人類，竟分配這樣不均勻，為什麼呀？」

「你要知道他們百金一席的是怎樣榮耀啊？」佑說。

「也就榮耀而已。」

他們的議論似還要發揮，可是又有人跑進門來。

這次是偉和 Doctor 嚴。

這位醫生也是青年，年齡還不到三十。態度亦滑稽，亦和藹。他走進門，就對清等三人點頭，口裡發著聲音，並不是話。一邊走到蠱的床前，叫一聲，

「Mr. 朱。」

是向床裡睡著的，他聽見醫生來，很不喜歡。但這時醫生叫他，他就無法可想，回過頭來。

這位醫生也就坐在他的床邊，又問，

「血是早晨起的麼？」

蠱沒有答，只相當的做一做臉。醫生又問，

「現在心裡怎樣？」

「沒有什麼。」蠱說。

「先診一診脈罷。」

醫生就將他的手拿過去，他到這時，也不能再反抗了。

醫生按著他的脈，臉上就浮出一種醫生所應有的沉思的樣子來，一邊又眼看床邊的痰盂內的咳血，更似憂慮的雲翳攏上。他的脈搏是很低微沉弱，幾乎聽不出跳動來。醫來又給他換了一手按了一回，於是「好，」醫生立起來，向偉代他拿來的放在桌上的皮包內，取出他的聽胸器，又說，「聽一聽胸部罷。」接著又叫蘊解開小衫的扣子。蘊卻自己設想道，

「我已變做一隻猴子了，隨你們變什麼把戲罷！」

醫生又聽了他的幾分鐘的胸；在他的胸上又敲了幾下，於是將聽胸器放還皮包內。醫生又看了一看他的舌苔，白色的。同時就慢慢的說道，

「血是從肺裡來的，但不妨，Mr. 朱可放心。只左葉肺尖有些毛病，假如修養兩月，保你完全好了。現在，先吃點止血藥罷。」

醫生又向他的皮包內取出一張白紙，用他的自來水鋼筆寫了藥方，藥方寫的很快，就遞給偉，一邊說，

「就去配來吃下。」

這樣，醫生的責任完了。說，

「Mr. 朱的肺病是初期的，但肺病要在初期就留心才好。這病是奇怪的，醫藥界這麼進步，到現在還沒有直接醫好這病的方法，只有自己修養，最好，到山林裡去，回到家鄉去。在這

樣的都市裡，空氣溷濁，於肺病最不相宜。醫肺病最好的是新鮮空氣，日光晒，那鄉村的空氣是怎樣新鮮？鄉村的日光又怎樣的清朗？像上海的太陽，總是灰塵色的；所以 Mr. 朱，最好還是回到家鄉去，去修養一二個月，像這樣初期的病，保你可以完全好了。」

他一邊正經的說著話，一邊又取出一盒香菸來，接著他又問他們，

「你們吸罷？」

當他們說不吸時，他又問，

「有洋火麼？」

洋火點著香菸，他就吸了起來。一時又微笑說，

「煙實在不好，你們真有青年的本色。我呢，在未入醫學院校以前就上癮了，現在，也沒有心去戒它。」

又吸了一二口。清說，

「喜歡吸就吃些，沒有什麼不好。在你們醫生們，利用毒物來做有益的藥品更多著呢！煙可以助吸化，無妨礙麼？」

而韞卻早已感到煙氣的衝入鼻中。醫生知道，吸了半支，就滅熄了。清微笑說，

「你們醫生也太講求衛生了，吃一支有什麼？」

醫生立刻答，

「不是，對於病人聞不得的。講求衛生，我也隨隨便便。」

一息，醫生又忠告似的接著說，

「身體是要緊的，尤是我們青年，不可不時刻留意。你們總太用功，所以身體總不十分好；還有什麼事業可做呀？」

這時翼插進說，

「不，我的身體比你好。」

清說，

「身體的好不好，不是這樣比較；我想，第一要健康，抗抵力強，不染時疫。」

於是醫生插嘴說，

「是呀，我五六年來，並沒有犯過一回傷風，有時小小的打了一二個嚏，也什麼病都沒有了。」

於是清說，

「我想身體還要耐的起勞苦。譬如一天到晚會做工作；跑一天的路也不疲倦；在大風的海上，又不暈船；天冷不怕，天熱也不怕；這才可算是身體好。」

醫生說，

「這可不能！我連十里路也跑的氣急，腿酸；就是湖裡的划子，也會坐的頭暈。實在，我也因為少時身體太弱，才學醫的。」

他們都笑了。

這樣的談天很久。蘊睡在床上不動，他已十二分厭煩了。什麼意思？有什麼價值？很想說，「醫生，你走罷！還是去多開一個藥方，或者於病人有利些！」可是沒說出來。

醫生終於立起來，他說，「兩點半鐘，還要去診一位病人。」
於是提著他的皮包，想對齕說，又看齕睡去了轉向偉說，

「他睡著了，給他靜靜的睡罷！他性急，病也就多了。可以
回家去，還是勸他回家去罷。肺病在上海，像這樣狹籠的亭子
間，不會根本痊癒的。」

走到門口，又輕輕的說，

「他這幾天吃了很多的酒罷？精神有些異樣，他一定有什麼
隱痛的事，你們知道麼？最好勸他回家鄉去。」

「肺病的程度怎樣呢？」清問。

「肺病不深，但也不淺。大約第二期。」

一息，接著說，

「明天要否我再來？」

「你以為要再來麼？」

「血止了，就不必再來。」

「血會止麼？」

「吃了藥，一定會止的。」

「那末明天不必勞你了。」

「好好，不要客氣。假如有什麼變化，再叫我好了。」

「好的。」

醫生去了。這時佑說，

「我拿藥方去買藥罷。」

「好的。」清說。

於是佑又去了。

第十二　肯定的逐客

　　清，偉，翼三人仍坐在房內，房內仍是靜寂清冷的。

　　蟲這時很恨他自己給朋友們搬弄。但同時他似乎對於什麼都平淡，灰色，無味；所以他們要搬弄，也就任他們搬弄了。他這時好像沒有把持和堅執，一切都罩上病的消極和悲感。他也沒有想什麼，隻眼看看目前的景情。以後，他和平的說道，

　　「你們也回去罷，你們的事很忙，何必要這樣看守著我呢？」

　　「我們還有什麼事呀？」清答。

　　「哈，」蟲笑一聲，冷笑的，「我也沒有什麼事，醫生診過了，猴子戲也變完了，不久也就好了，我也還有什麼呢？」

　　停一息，又說，

　　「病不久就會好了，藥呢，我是不願意吃的。老實說，你們現在假使去買一張棺材來，我倒是很隨便可以跳進去；要我吃藥，我是不願意的。」

　　「你還是胡思亂想！」清皺著眉說。

　　「我想，生活於平凡的灰暗的籠裡，還是死於撞碎你頭顱的桿上罷，丹尼生也說，難道留得一口氣，就算是生活了麼？」

　　「可是現在，你正在病中！」偉說。

　　「人所要醫的並不是體病，而是健康裡的像煞有病。現在我

是病了，你們知道的，可是前幾天的我的病，要比較今天厲害幾十倍呢！我實在不想醫好今天的病，吐血是不值得怎樣去注意的；但我很想醫好以前的病。不過要醫好以前的病，我有什麼方法呀？」

他的語氣淒涼。一息，偉說，

「要醫好你以前的病，那也先應當醫好你今天的病！體病醫好了，健康裡的病，自然有方法可醫的。」

「頗難罷？這不過是一句自己遁跡的話。而我呢，更不願向這不醒的世界去求夢做了。」

語氣很閒暇。於是清說，

「不是夢麼？是真理啊！」

「是呀，是真理。」龘似譏嘲的說。「我又何必要說這不是真理呢？不過我自己已不能將自己的生命放在真理上進行了。」

偉說，「人一病了就悲觀，消極。你豈不是努力尋求過真理的麼？」

「或者可說尋求過，但不是真理，是巧妙的欺騙詞！」

「那末真理是沒有的麼？永遠沒有的麼？」

「我不是哲學家，也不是哲學家的反叛者，誰有權力這樣說。」

「我是正在求真理的實現呢？」清笑說。

「好的，那末你自身就是真理了。而我呢，是動作與欺騙的結合，幻想與罪惡的化身！」

「不，」偉說，「生命終究是生命，無論誰，總有他自己的生命的力！我們不能否認生命，正如農人不能否認播種與收穫，工人不能否認製作，商人不能否認買賣一樣。」

「是呀，」清接著說，「橫在我們的身前有多少事，我們正該努力做去。在努力未滿足的時候，我們是不能灰心，厭棄，還要自己找出精神的愉快來。目前，你應當努力將你自己的病體養好。」

靜寂一息，蠡說，

「努力！精神的愉快，—— 真是騙過人而人還向它感激的微妙的字！」

停一息，他又說，

「無論怎樣，我覺得人的最大悲哀，並不是死，而是活著不像活著！」

「不活是沒有方法的呀？」偉說，「我們能強迫人人去自殺去麼？我們只求自己活著像個活著就是咯。」

「親愛的朋友們，你們是醒來了，但也不要以這醒為驕傲罷！」

「我們不要談別的咯。」清叫了起來，我想蠡哥要以病體為重，靜靜地，千萬不要胡思亂想。」

蠡沒有說，清接著說，

「那末請你靜靜地睡一息，好麼？」

「也不要睡，或者你們離開我也好。我的心已如止水，——

太空的灰色。」

蠱微笑了。房內又靜寂多時。清轉了談話的方向說，

「吃了那瓶藥血一定會止了；過了四五日，我送你回家去好麼？」

「我是沒有家的。」

「送你到你的母親那裡去。」

「我也沒有母親了！」

一邊他眼角又上了淚，接著說，

「死也死在他鄉！我早已自己賭咒過，死也死在他鄉！」

「你為什麼又說出這話呢？」清說，「你自己說你自己心已如止水了？」

「是的，就算我說錯一次罷。」

房中更愁悶，清等的眼又看住地下。偉覺得不得已，又說道，

「你不想你的母親和弟弟麼？」

「想的，但我對他們詛咒過！」

「不愛他們麼？」清問。

「無從愛，因為無法救出我自己。」

「怎樣你才救出你自己呢？你可以告訴我們什麼條件麼？」偉說。

「可以的，你們也覺得這是難於回答的問題麼？」

「是呀。」

「清清楚楚地認識自己是一個人，照自己的要求做去，純粹站在不為社會所玷汙，所引誘的地位。」

「那末我們呢？」翼這時問。

「你們呀？總有些為社會所牽引，改變你自己的面目了麼？」

「社會整個是壞的麼？」翼又問。

「請你問社會學家去罷。」蠶苦笑了。

「我想社會，不過是一場滑稽的客串，我們隨便地做了一下就算了。」

「不，」偉說，「我想社會確是很有意義的向前進跑的有機體。」

清覺得無聊似的，愁著說，

「不要說別的罷！我想怎樣，過幾天，送蠶哥回家鄉去。」

蠶沒有說。

「送你回家鄉，這一定可以救出你自己。」

「隨你們設想罷。」

於是房內又無聲了。

正這時候，房門又被人推進來。三位青年一齊抬起他們的頭，而阿珠又立在門口。

這回她並不怎樣疑惑，她一直就跑到蠶的床邊來。她隨口叫了一聲，朱先生，一時沒有話。清立刻問，

「阿珠，妳做什麼？」

　　她看一看清的臉，似不能不說了，囁嚅的，

　　「朱先生，媽媽說房子不租了，叫你前兩個月的房租付清搬出去。」說完，她弄著她自己的衣角；又偷眼看看蠶蒼白的臉。清動氣了，立刻責備的問，

　　「為什麼不租？」

　　「我不知道，你問媽媽去。」阿珠一動沒有動。

　　「我問妳的媽媽去？」

　　清很不耐煩的。接著說，

　　「別人有病，一時搬到什麼地方去呢？妳說欠房租，房租付清就是了。是不是為欠房租？」

　　「我不知道，你問朱先生，或者也有些曉得。」

　　「刁滑的女子。」

　　清嘆了一口氣，接著說，

　　「妳媽叫我們什麼時候搬？」

　　「明天就要搬出去。」

　　「哼！」

　　清就沒有說。而偉卻在胸中盤算過了。於是他說，

　　「清，你是不是勸蠶回家的麼？」

　　「是，但他不能回覆我。」

　　「這當然因蠶的病。」

　　「為病？」

　　「當然呀！女人們對於這種病是很怕的。所以叫我們搬，否

則又為什麼正在今天呢？」

「為病麼？」清沉思起來。

「當然的。」偉得勝的樣子，「不為病又為什麼？」

阿珠立著沒有動，也沒有改變她的神色。於是偉就向她說道，「阿珠，妳去對妳的媽說，我們搬就是了。二月的房租，當然付清妳。不過明天不能就搬，我們總在三天之內。」

「好的。」阿珠答應了一聲。一息，又說，

「媽媽還有話，……朱先生，……」

可是終於吞吞吐吐的說不出。

「還有什麼話呢？」清著急了。

這時阿珠決定了，她說，

「好，不說罷，橫是朱先生有病。」一邊就怕羞的慢慢的退出房去。

阿珠出去以後，偉就向颻說，

「搬罷！我們為什麼要戀念這狹籠似的房子？家鄉是山明水秀，對於病體是怎樣的容易康健，這裡有什麼意思呢？搬罷，颻哥，我已答應她了，你意思怎樣？」

稍停片刻，颻答，

「我隨你們搬弄好了。」

「隨我們搬弄罷，好的。我們當用極忠實的僕人的心，領受你將身體交給我們的囑託。」偉笑著說了。

這時佑回來。他手裡拿著兩瓶藥水，額上流著汗說，

「這一瓶藥水，現在就吃，每一點鐘吃一格。這一瓶，每餐飯後吃兩格，兩天吃完。」

他所指的前一瓶是白色的，後一瓶是黃色的。藥瓶是大小同樣的 200cc。

於是清就拿去白色的一瓶向蟲說道，

「蟲哥，現在就吃罷。」

到這時候，蟲又不得不吃！他心裡感到隱痛，這隱痛又誰也不會了解的。他想。

「給他們逼死了！我是沒有孩子氣的。」一邊就冷笑地做著苦臉說，

「要我吃麼？我已將身體賣給你們了！」

「吃罷，你真是一個小孩呢！」

清執著藥瓶，實在覺得沒有法子。他將藥瓶拔了塞子，一邊就扶蟲昂起頭來。

但可憐的蟲，他不吃則已，一吃，就似要將這一瓶完全喝完。他很快的放到嘴邊，又很快地喝下去，他們急忙叫，

「一格，」

「一格，一格！」

「只好吃一格！」

這時清將藥瓶拿回來，藥已吃掉一半，只剩著六格。

蟲又睡下去。

他們實在沒有法子。忿怒帶著可笑。

　　舉動都是無意識的，可是又有什麼是有意識的呀！鼇想，除非他那時就死去！

　　這樣，他們又靜靜地坐了一回。一時又隨便的談幾句話，都是關於他回家的事，——什麼時候動身，誰送他回去。結果，假如血完全止了，後天就回去；清陪他去，一則因他倆是同村住的，二則，清的職務容易請假。

　　時候已經五時以後，下午的太陽，被雲遮的密密地。

　　這時清對他們說，

　　「你們可以回去了，我在這裡，麵包和牛肉都還有。鼇的藥還要我倒好給他吃，吃了過量的藥比不吃藥還不好，你們回去罷。」

　　偉等也沒有說什麼，約定明天再相見。

　　他們帶著苦悶和憂慮去了。

第十三　秋雨中弟弟的信

　　當晚六時，韞與清二人在洋燭光淡照的旁邊，吃了他們的晚餐。麵包，牛肉，雞蛋都吃完。

　　他們沒有多說話，所說的話都是最必要而簡單的，每句都是兩三個字的聲音，也都是輕輕地連著他們的動作。韞好似話都說完了，就有也不願再說了。清，也沒有什麼必要的談天，且不敢和他講，恐多費他的精神。韞的樣子似非常疲倦，他自己覺到腰骨，背心，兩臂，都非常之酸，所以一吃好飯，他就要睡下，一睡下，不久也就睡熟了。這次的急速睡熟，大半因他實在惓倦的不堪，還有呢，因他自甘居於傀儡的地位。而清的對他殷誠，微笑，也不無催眠的力量。

　　雖則夢中仍有沉黑的天地，風馳電閃的可怕的現象，魍魎在四際嘯叫，鬼魅到處蠢動著。但終究一夜未曾醒過，偶然囈語了幾句，或叫喊了幾聲，終究未曾醒過。

　　這一夜，他是獲得了一個極濃熟，間極長久的睡眠。

　　清在韞睡後約三四點鐘睡的。他看了兩章的《康德傳》，又記了一天的日記，他所記的，完全關於韞的事：說他今天吐血了，這是一個最不幸的消息，可是他刺激太強，或者因為病，他可漸漸的趨向到穩健一些。因為病和老年一樣，可以挫磨人的銳氣的。結果，他陪著他一天。希望明天韞的血止了，上帝

保佑他，可送他回家去。大約十點鐘了，清睡下去，他很小心的睡在蠱的外邊；床是大的，可是他唯恐觸著蠱的身體，招他醒來。因此，清自己倒一夜不曾安睡過。

第二天一早，清就悄悄地起來。用自來水洗了面，收拾一下他的桌子，於是又看起《康德傳》來。

滿天是灰色的雲，以後竟沉沉地壓到地面。空氣有些陰瑟，秋已經很相像了。風吹來有些寒意，以後雨也滴滴瀝瀝地下起來了。清向窗外一看，很覺得有幾分討厭。但他想，「假如雨天，那只好遲一兩天回去了。」

九點鐘，偉和佑來了。── 翼因有事沒有來。

一房三人，也沒有多話。不過彼此問問昨夜的情形。

於是佑從袋裡取出十元錢來，交給清，以備今天付清房租。以後，清又將蠱不肯吃藥告訴一回，理由是藥味太苦，但各人都無法可想，只得隨他。

這樣，他們談一回，息一回，到了十一點鐘以後，蠱才醒來。他睜大他的兩眼，向他們看一回。他好似又不知他在什麼地方，和什麼時候了。接著他擦了一擦眼，他問，

「什麼時候？」

「已敲過十一點。」清答。

「我真有和死一樣的睡眠！」

接著嘆息了一聲，一邊問，

「清昨夜睡在哪裡？」

「這裡，你的身邊。」

清微笑的。他說，

「我一些不知道身邊是有人睡著，那末，偉，你們二人呢？」

「我們是剛才來的。」

於是蟲靜默了一息。又問，

「窗外是什麼呵？」

「雨。」清答。

於是又說，

「你們可以回去咯，已經是吃中飯的時候。」

「你的中飯呢？」清問。

「我打算不吃。」

「不餓麼？」

「是的。」

這時看他的態度很寧靜，聲浪也很平和，於是偉問，

「今天覺得怎樣？」

「蒙諸君之賜，病完全好。」

「要否嚴君再來一趟？」

「我不喜歡吃藥的，看見醫生也就討厭。」

「毋須嚴君來了。」清補說。

一息，蟲又叫，

「你們可以回去咯。」

於是他們順從了。當臨走的時候，清說，他下午五時再來，將帶了他的晚餐來。

他們去了以後，矗又睡去，至下午二時。

他的神經比以前清朗得多，什麼他都能仔細的辨別出來。外貌也鎮靜一些，不過臉更清白罷了。

他在床上坐了一回，於是又至窗口站著。

這時雨更下的大了。他望著雨絲從天上一線線的牽下來，到地面起了一個泡，不久，即破滅了。地面些微的積著水，濘泥的，灰色的天空反映著。弄堂內沒有一些噪聲，電線上也沒有燕子和麻雀的蹤跡。一時一兩隻烏鴉，恰從 M 二里的東端到西端，橫飛過天空，看來比淡墨色的雲還快。牠們也冷靜靜地飛過，而且也帶著什麼煩惱與苦悶的消息似的。空氣中除了瀟瀟瑟瑟的雨聲，打在屋上之外，雖有時有汽車飛跑過的咆吼，和一二個小販賣食物的叫喊，可是還算靜寂。有時前樓阿珠的母親咳嗽了一聲，或阿珠輕輕的笑了一聲，他也沒有介意。

這時，他心中蕩起了一種極深沉遼闊的微妙而不可言喻的秋意，—— 淒楚，哀悲，憂念，幽思，恍惚；種種客中的，孤身的，窮困的，流落的滋味；緊緊地蕩著他的心頭，疏散地繞著他的唇上，又迴環而飄揚於灰色的長空。他於是醉了，夢了，痴了，立著，他不知怎樣！

「唉！我竟墮落至此！」

他這樣嘆了一句，以後，什麼也沒有想。

他立在窗前約有一點鐘。他的眼一瞬也不瞬的看住雨絲，忽聽得門又開了。阿珠手裡拿著一封信，很快的走進來，放在桌上，又很快的回去。態度是膽怯，怕羞，又似含怨，嫌惡的。他，看她出去以後，就回頭看桌上。他驚駭，隨伸手將那封信拿來拆了。

他說不出地心頭微跳。

信是家裡寄來的，寫的是他的一位十三歲的小弟弟。字稍潦草而粗大，落在兩張黃色的信籤上。他看：

「哥哥呀，你回來罷！剛才王家叔叔到家裡來對媽媽說，說你現在有病，身體瘦的猴子樣子，眼睛很大，臉孔青白，哥哥，你是這個樣子的麼？媽媽聽了，真不知急到如何地步！媽媽正在吃中飯，眼淚一滴一滴的很大的流下來。眼淚流到飯碗裡，媽媽就沒有吃飯了。我也就沒有吃飯了！不知怎樣，飯總吃不下，心裡也說不出來。我真恨自己年歲太少，不能立刻到上海來看你一看。但我也怪王家叔叔，為什麼一到家，就急忙到我家裡來告訴，害得我媽媽飯吃不下呢！媽媽叫我立刻寫信給你，叫你趕快趕快回來！哥哥，你回來罷！媽媽叫你回來，你就回來罷！你就趕快回來罷！否則，媽媽也要生病了！

弟弟瑀上

媽媽還說，盤費有處借，先借來；沒處借，趕快寫信來。媽媽打算當了衣服寄你。」

　　他顫抖著讀這信，眼圈層層地紅起，淚珠又滾下了。他讀到末尾幾句，竟眼前發黑，四肢變冷，知覺也幾乎失掉了！他恍恍惚惚的立不住腳，竟向床上跌倒；一邊，他媽媽呀，弟弟呀，亂叫起來。以前還輕輕的叫，以後竟重重地叫起來。他的兩手握緊這封信，壓著他的心頭；又兩三次的張開口，將信紙送到唇邊，似要吞下它去一樣。一回又重看，更看著那末段幾句：

　　哥哥，你回來罷！媽媽叫你回來，你就回來罷！你就趕快回來罷！否則，媽媽也要生病了！

　　這樣約三十分鐘，他有些昏迷了。於是將信擲在桌上，閉上他的眼睛，聲音已沒有，呼吸也低弱，如一隻受重傷的猛獸。

第十四　空談與矛盾

　　他朦朧地睡在床上，一切都對他冰冷冷的，他倦極了。在他的腦中，又隱約地現出他的媽媽和弟弟的影子來。── 一位頭髮斑白的老婦人，和一位活潑清秀的可愛的少年，他們互相慰依地生活。他們還沒有前途，他們的希望還是迷離飄渺的。他們的前途和希望，似乎緊緊的繫在他的幫助上。── 他努力，依著傳統的法則，向社會的變態方面去努力，他努力賺到錢，努力獲得了一種虛榮；結了婚，完成了他的家庭之責；一邊使他的母親快樂，一邊供給他的弟弟讀書。這樣，他們的人生可算幸福，他的人生也算完成。但他想，他能這樣做去麼？

　　「不能，不能，我不能這樣做去！」他自己回答。

　　於是他又自念：

　　母親呀，希望在我已轉換了方向了！

　　我已經沒有法子撈起我自己已投入水中的人生。

　　我的眼前只有空虛，無力，

　　我不能用有勁的手來提攜我的弟弟！

　　我將離開生之筵上了。

　　還在地球之一角上坐的睡的已不是我，

　　是一個活屍，罪惡之衝突者罷了！

　　我不想我會流落到這個地步，

母親呀，我還有面目見你麼？

這樣，他又將嗚咽。一息又想：

弟弟，你叫我回到哪裡去呢？

我已經沒有家鄉了！

還有家鄉麼？沒有了！

而且我自己早已死去，

在一天的午夜自殺了！

弟弟，希望你努力，平安，

我已無法答應你的呼聲了！

正在這個時候，清來。他因䗓未曾吃中飯，所以早些來。手裡帶著麵包，雞蛋，和二角錢的火腿。

他看見䗓這時又在流淚，心裡又奇怪起來。隨即將食物放在桌上，呆立一息，問，

「又怎樣了？」

這時䗓的悲思還在激動，可是他自己制止著，不願再想，他也沒有回答。清又問，

「又怎樣了？」

䗓動一動頭，掩飾的答，

「沒有什麼。」

清又說，

「你又想著什麼呢？你一定又想著什麼了。何必想他呢！」

「沒有想什麼，」䗓和平的說，「不過弟弟寫來了一封信刺激

131

我一下，因此我記起媽媽和弟弟來。」

「瑀有信來麼？」清急忙的問。

「有。」

「可以告訴我說些什麼嗎？」

「你看信罷。」語氣哀涼的。

於是清將桌上的二張黃色的信籤拿來。心裡微微有些跳，他不知道這位可愛的小弟弟究竟寫些什麼。他開始看起來，他覺得實在有幾分悲哀，但愈看愈悲哀，看到末段，他不願再看下去了。一時他說不出話，許久，他說道，

「小孩子為什麼寫這樣悲哀的信呢！」

「他不過告訴我母親和他自己兩者的感情罷了。」

「那末你打算怎樣呢？」

「我不想回去。」

「不想回去？」

清愁急著。一時又說，

「你的母親和弟弟這樣望你回去，我們又代你計劃好回去；又為什麼不想回去呢？」

「叫我怎樣見我的媽媽呵？」

「這又成問題麼？」

「我墮落，又病了！」

「正因病要回去。假使你現在在外邊，有好的地位，身體健康，又為什麼要回去呢？」

「不是，我不想回去。」

「你一些不顧念到你的母親和弟弟的愛麼？」

「無法顧念到。」

「怎麼無法？」

「怎樣有呢？」蠱的語氣慢了。

「房東已回報你了，我想明天就搬，回家鄉去，假使天晴的話。」

「我不願回去。」

「房租和旅費我們統已籌好。」

「不是這些事。」

「還有什麼呢？」

「我怎樣去見我的弟弟和母親？」

清似乎有些怒了，他說，

「只要你領受你母親和吾們的愛就是了。」

這時，房內又和平一些。靜寂一息，蠱又輕弱說了起來。

「我不知自己如何活下去，唉，我真不知自己如何可以活下去！我不必將我的祕密告訴你，我不能說，我也說不出口。我憎恨現社會，我也憎恨現代的人類，但也憎恨我自己！我沒有殺人的器具和能力，但我應當自殺了，我又會想起我的母親，我真是一個值得自咒的懦夫。我不知什麼緣故，自己竟這樣矛盾！我現在還活著，病的活著，如死的活著。但我終將在矛盾裡葬了我的一生！我終要在矛盾的呼吸中過去了！我好不氣

133

悶，自己願做是做不徹底，自己不願而又偏要逼著做去，我恐怕連死都死的不痛快的！」

清因為要使他的話休止，接著說，

「不必說了，說他做什麼？你是矛盾，誰不矛盾呢？我們要回去，就回去；不想回去，就不回去；這有什麼要緊呢？」

「可是辦不到呀。」颿淒涼而感喟地說了。

房內靜止一息，清有意開闢的說，

「而且我也這樣的，有時還想矛盾是好的呢！」

他停了一息，似乎思考了一下，接著說，

「我有時真矛盾的厲害呵。本想這樣做，結果竟會做出和這事完全相反的來；前一分鐘的意見，會給後一分鐘的意見完全推翻到沒有。譬如走路，本想走這條去，但忽然不想去了；又想走那條去；然又不想去了；結果在中途走了半天，也不前進，也不回來，究竟不知怎樣好。這是很苦痛的！不過無法可想，除出自己審慎了，加些勇敢之力以外，別無法可想。這也是氣質給我們如此。在偉，他就兩樣了。他要這樣做，就非這樣做不可，他有固定的主見，非達到目的不止，你是知道他的。不過也不好，因為他假如想錯了，也就再想不出別的是來；有時竟至別人對他說話，他還不相信，執著他自己的錯誤到底。」這時他停一停，又說，「譬如走路，已經知道這條路走不通了，但他非等到走完，碰著牆壁，他不回來。這真無法可想。前一星期，我和他同到鄉下去散步，── 這件事我還沒有告訴

你。——中飯吃過，我們走出田野約二里路，南方黑雲湧上來，太陽早就沒有了。我說，

天氣要下雨了，我們不能去罷？

他說，

不，不會下雨。

又走了約一里，眼見的滿天都是雲了。我又說，

天真要下雨了，我們回轉去罷？

他還是說，

不會，一定不會下的。

再過了一時，雨點已滴落到頭上了。我急說，

雨就要下了，快回去罷！

而他還是說，

不會下的，怕什麼呵！「秋雲不雨長陰，」你忘記了麼？

等到雨點已很大地落到面前，他也看得見了。我催促說，

快回去罷，躲又沒處躲，打溼衣服怎麼好呢？

他終究還是這樣的說，

怕什麼啊，這樣散步是多少有趣呢！

結果，雨竟下的很大，我們兩人的衣服，淋溼的不得了，好像從河裡爬上來一樣。而偉哥，還是慢慢的說，

這樣的散步，是多少有趣啊！

有趣原是有趣，但我卻因此腹痛下瀉，吃了兩天的藥。這是小事，我也佩服他的精神。假如大事呢，他也是一錯到底，

這是不矛盾的危險！」

　　他婉轉清晰的說完，到這時停止一下。於是亂說，假笑的，

「一錯到底，哈，真是一錯到底！」

「我想錯誤終究是錯誤。」

清正色的。

天漸漸地暗下來，雨也止了。房內有一種病的幽祕。

第十五　無效的堅執

晚餐以後，偉又來了。

他一坐下，清就告訴他蠹的弟弟有一封信來，叫蠹趕緊回家。當時偉說，

「那很好咯。」一邊就從清的手受了信去，看將起來。但一邊未看完，一邊又說，

「我們早已決定送他回去，可見蠹的母親和我們的意見都是一致的。」

停了一息，又說，這時信看完了，將信紙放在桌上。

「那我們決計明天就走。」

清卻慢慢的說，

「蠹哥不願回去。」

「不願回去？為什麼？」

「不過此刻卻又被我說的回去就回去哩。」

「這很好。」

「是呀，我們在半點鐘以前，大談論你。」

「談論我？」偉微笑的，「罵我一頓麼？」

「口汗，佩服你徹底的精神。」

「錯咯，我是一個妥協的人。對於社會，人生，什麼都妥協。但有時還矛盾呢，你們豈不是知道麼？」

清幾乎笑出聲來。偉又說，

「我很想脫離都市，很想過鄉村的生活；所謂到民間去，為桑梓的兒童和農民謀些幸福。但不能，家庭關係，經濟關係，種種牽累我，使我不能不過這樣奴隸式的生活。我倒十分佩服矗哥，矗哥真有徹底的精神，而且有徹底的手段。」

「他倒痛恨他自己的矛盾。」清說。

「這因他近來精神衰弱的現象。所以矗哥，無論如何先應修養身體。」

這時矗似睡去一樣，沒有插進一句嘴。他聽他們的談話，也似沒有什麼關心。

以後，話就沒有再繼續，只各人翻翻舊書。房內又靜寂的。

時候九點鐘，矗叫他們回去。清說，

「我還再在這裡睡一夜，因為半夜唯恐你要什麼。」

偉說，

「我在這裡睡一夜罷，你明天可以陪他回去呢。」

而矗說，

「我夜裡睡的很好，請你們自由些罷。」

但他們還是各人推讓，好像沒有聽到矗的話，於是矗生氣的說道，

「快回去罷，你們真自擾，兩人睡在一床，終究不舒服的。」一邊翻了一身，還似說，

「我死了，你們也陪我去死麼？無意義！」

他們也就走了。

而這夜，他偏又睡不著，不知什麼緣故。他在床上翻來覆去，心裡感到熱，身又感到冷，腦中有一種緊張。他好似一位臨嫁的女兒，明天要離開她的母親了。又是久離鄉井的孩子，明天可回去見他的母親。他睡不著，怎樣也睡不著。他並不是純粹地想他的母親，他也想著他的病到底要變成怎樣。但他這時所想的主要部分，還是 ── 他究竟怎樣活下去。社會是一盆冷水，他卻是一滴沸油；他只在社會的上層游移，輾轉，飄浮，他是無法透入水中，溶化在水中！自殺已一次不成，雖則還可以二次去自殺，但他想，自殺究竟是弱者的消極行為，他還是去幹殺人的事業。手裡執著手槍，見那可恨的，對準他的胸腔，給他一槍，打死，人間的罪惡就少了一部分，醜的歷史就少了幾頁了。這是何等痛快的事，但他不能這樣幹。以後，他希望自己給別人殺了。他想當兵去，臨戰場的時候，他自己不發一彈，等著敵人的子彈飛來，敵人就可以將他殺死。但又不願，當兵不過為軍閥利用，敵兵多殺了一個敵，也不過幫敵人的軍閥多了一次戰績。以後，他想去做報館的記者，從此，他可痛罵現代人類之昏迷，社會之顛倒，政治上的重重黑暗，偉人們的種種醜史，他可以罵盡軍閥，政客，貪汙之官吏，淋漓痛快的，這樣，他一定也可以被他們捕去，放在斷頭臺，絞刑架之上。但他又有什麼方法能做一個報館的主筆呢？他不能，這又是他的夢想！他簡直各方面都沒有辦法，他只有孤獨的清

冷的，自己萎靡衰弱，流他自己的眼淚，度著一口的殘喘。而且四面八方的逼著他，勢將要他走上那卑隘之道上的死，他很有些不情願了。苦痛，還有什麼逃避的方法呢？自己的運命已給自己的身體判決了，又給朋友們的同情判決了，又給母親和弟弟等的愛判決了，他還有什麼逃避的方法呢？除非他今夜立刻乘著一隻小船，向東海飄流去；或者騎著一隻駱駝，向沙漠踱去。此外還有什麼逃避的方法？但他今夜是疲乏到極點，甚至抬不起頭，他又怎能向東海或漠北逃去？一種舊的力壓迫他，欺侮他，一種新的力又引誘他，招呼他。他對於舊的力不能反抗，對於新的力又不能接近，他只在憤恨和幻想中，將蛻化了他的人生；在貧困和頹廢中流盡了他一生之淚，他多麼苦痛！

這樣，他一時又慢慢的起來，掙扎的起來。

他坐在床邊靠著桌上，他無力的想給弟弟寫一封回信。他告訴他，── 弟弟，我是不回來了，我永遠也不回來了。我頹廢，我墮落，我病；只有死神肯用慈悲的手來牽我，是適宜而願意的；此外，我不能領受任何人的愛了。在我已沒有愛，我無法可想，失了社會之大魔的歡心的人，會變成像我這樣一個，一切美的善的都不能吸收，孤立在大地上怨恨，這是多少奇怪的事呀！弟弟，請勿記念我罷，還請你慰勸母親，勿記念我罷。我的心早已死去，雖則我的身體還病著，但也早已被判了死刑，你叫我回家做什麼呢？弟弟，算世間上沒有像我一個

人，請你和母親勿再記念我罷。

　　這樣，他一邊竟找出一張紙。用水潑在硯子上，無力的磨墨。他要將他所想的寫在紙上，寄給他的弟弟。但磨了兩圈墨，提起筆來，頭又暈了。於是他又伏在桌上。

　　足足又挨延了兩三點鐘，他覺得再也坐不住，這才向床眠去，昏昏地睡著了。時候已經是兩點鐘。

　　一忽，天還未亮，他又醒來。

　　在夢中，似另有人告訴他，—— 到家是更不利於他的。於是他一醒來，就含含糊糊的自叫，

　　「我不回家！無論如何我不回家！」一息又叫，

　　「我不回家！無論如何我不回家！」

　　又靜默一息，喃喃的說道，

　　「死也死在他鄉，自己早已說過，死也死在他鄉。我任人搬弄麼？社會已作我是傀儡了，幾個朋友和母親，弟弟，又作我是傀儡麼？死也不回家。我的一息尚存的身體，還要我自己解決，自己作主。等我死後的死屍，那任他們搬弄罷！拋下海去也好，葬在山中也好，任他們的意思擺布。現在，我還沒有完全死了，我還要自己解決。」

　　他又靜默一息。眼瞧著月光微白的窗外，又很想到外邊去跑。但轉動著身子，身子已不能由他自主。他又氣忿忿的想，

　　「這個身子已不是我自己所有的了麼？」接著又想，「但無論如何，總不能為別人所有，否則，請他們先將我藥死！」

這樣，他一直到天亮。他望著窗外發白，陽光照來。天氣又晴了。

約九時敲過，他又睡去。到十一時，清和偉二人談著話推進門來，他才又醒了。這時，他的精神似和天色一樣，更清明一些。

清走到他的床邊，很活潑的看了一看，就說，

「今天天氣很好，我們下午動身。」

鑫沒有回答，清又問，

「你身體怎樣？」

他一時還不回答，好像回答不出來，許久，才緩緩說，

「身體是沒有什麼，可是我不想回去了。」

「又不想回去？」清急著接著問，

「為什麼呢？是否想緩一兩天回去？」

「來，永遠不回去。」

「於是又永遠不回去了麼？」

「是呀，在未死去以前。」

這時清不覺眼內昏沉，他又恨又傷心，許久說不出話來，呆呆地站著。偉接下說，譏笑而有力地，

「你忘記你弟弟的信了麼？你一定又忘記了。過了一夜，你一定又忘記了。但這裡怎樣住下？房主人對你的態度，你還不明白麼？她回報你，你也不管麼？她要趕走你了。」

「我當然走。」

「走到哪裡去呢？」

「走到甘肅或新疆去。」

「你又起這個念頭了？那位商人的回信來了麼？」

「回信是沒有，不過這沒有關係，要去我仍可去的。」

「你不要太信任那位商人，那邊於你有什麼益處呵？」

「而且現在又是病的時候。」清插嘴說。

「病也沒有關係，商人也沒有關係，有益處沒有益處也沒有
關係，總之，我想去。我是愛那邊的原始，愛那邊的沙漠。」

「假使你的身體強健，我們隨你的意志自由了。可是你現在
的身體，你已不能自由行動一步。你現在能跑五里路麼？能跑
上半裡高的山麼？你不能，你絕不能；你怎麼會想到沙漠那邊
去呢？因此，我們對於你，不能放任的太疏鬆，請求你原諒，
我們對你直說。」偉有力而正色的說。

「給我最後的自由罷！到那裡，死那裡，是自己甘心的。」

「不能！我們和你的母親弟弟的意見都是一致的。」偉也悲
哀的，紅潤了他的兩眼，「況且你已允許了將你的身體交給我
們搬弄，又為什麼破毀你的約呢？無理由的破約，我們為友誼
計，我們不能承認；我們當採取於你有利的方向，直接進行。」

清也說，

「蠱哥，你再不要胡思亂想了，收起來你的胡思亂想，以我
們的意見為意見，任我們處置你罷。我們對於你是不會錯的。」

蠱哀悲的高聲的叫道，

「請你們將我殺死罷！請你們用砒霜來毒死我罷！我死後的屍體，任你們搬弄好了！眼前的空氣要將我窒死了！」

「那末蠹哥，你到哪裡，我們跟你去罷。」清一邊止不住流淚，「我們要做弱者到底，任你罵我們是奴隸也好，罵我們是舊式的君子也好，我們始終要跟著你跑！你去，我們也去，你到哪裡，我們也到哪裡；你就是蹈上水面，我們也願意跟上水面。你看，我本不該這樣向你說，可是你太不信任我們，而我們偏連死也信任你了。」

許久，蠹問，

「那末，你們究竟要我怎樣呢？」

偉立刻答，

「維持下午動身回家的原議。」

「好，你們給我搬到死國裡去！」

「任我們搬，無論生土，還是死國。」

「一定是死國。」

「隨你當死國罷。」

「清，請你用手來壓住我的心頭，我為什麼要有這樣的時間。」

於是三人又流下淚了。

第十六　懺悔地回轉故鄉

　　下午二時，蠶的房內又聚集許多人，阿珠和清，偉，翼，佑，四位青年。他們雜亂的幫蠶整理好行李，──他的行李很簡單，一隻鋪蓋，一隻舊皮箱，一隻網籃。箱和網籃裡大半是舊書；數學，文學，哲學都有。別的東西很少，只有臉盆，碎了蓋的那把茶壺，沒油帶的洋燈等。而且清又代蠶將幾隻酒瓶和藥瓶送給阿珠。三天以前清送他的兩盒餅乾，還沒有拆過；這時清也很好的放在他的網籃之內，給他帶回家去。托爾斯泰的像片，偉也很恭敬的拿下來，夾在《康德傳》的書中。一邊，房租也算清了。

　　現在，房內滿堆著廢紙。箱，鋪蓋，網籃，都放在床上。桌也移動得歪了。房內飛湧著灰塵。蠶坐在床邊倚牆靠著，眼倦倦閉去，好似休息。清坐在他的旁邊。偉還在收拾，有時連廢堆中，他都去檢查了一下。佑和翼向窗外依著。阿珠立在門邊，眼看著地板，呆呆的，似不忍別離。

　　天氣很好，陽光淡淡的籠罩著，白雲如蝴蝶的在藍色的空中飛舞。不過這時的房中，顯示著灰色的傷感的情調罷了。

　　以後，清說，

　　「我們可以動身了，到那邊總要一點鐘，離開船也只有一點鐘了。」

145

偉和著說，

「可以動身了，早些寬氣一點。」

於是佑回過頭來問，

「我去叫車子，—— 三輛麼？」

蟲卻立刻阻止叫，睜開他似睡去的眼，

「慢些，請你們慢些，我還沒有說完我的話。」

他們沒有聲音，可是蟲又不說。

這樣又過了二十分鐘，清覺得等待不住，他們無法地向蟲催促，

「蟲哥，你有什麼話呢？」

蟲仍不動，清又說，

「蟲哥，你有話，請快些說罷；否則，我們只好明天去了。

蟲還不動，清又說，

「蟲哥我們動身罷，你還要說什麼話呢？」

這時蟲卻再也制止不住，爆發似的叫道，

「天呀，叫我怎樣說呢？我的愚笨會一至於此，我何為而要有現在這一刻的時候！時間之神呀，你停止進行罷！或者你向過去之路倒跑罷！否則，叫我怎樣說呵！」

停了一忽，他急轉頭向阿珠叫，

「阿珠，請妳走到我的前面來。」

這位愚蠢的女子，依他的話做了。痴痴的，立到窗的前面來。蟲仰頭望著天花板，急急的接著說，

「懺悔麼？不是，絕不是！我何為要對你懺悔？但我不能不說明，阿珠，不能不對妳說明幾句。在這過去未來將不再現的時候，我要對妳說幾句。這是最後的話，或者是我對妳的忠告。阿珠，請妳靜靜地聽著，留心地聽著。」

這時清和偉是十分難受，皺著眉發怔地看著，堅執是蠱的習慣，他們是無法來阻止他說話，他們只有順從。否則，他又會什麼都推翻了，不回家了，跑去了，他們又奈他何呢？他們只屏息地聽著。

「阿珠，我恨妳！妳真使我苦痛，好像我墮落的種子，全是你們女人賜給我似的。因此，我也要想傷害妳。妳的母親，你應當殺死她！她實在不是一個人，她不過戴著人的臉，喘著人的一口氣。她是一個魔鬼，是一個罪惡的化身，妳在這獄中活著，妳一定要接受你母親的所賜！妳要救妳自己，妳應當殺死她！阿珠，求妳恕我，我望妳以後凶凶地做一個人，也要做一個有力的人！因為社會是惡的，妳應當凶凶地下毒手，妳千萬不可馴良，庸懦。否則妳就被騙，妳就無法可想。阿珠，妳能聽我的話麼？妳能凶凶地去做妳自己的一個有力的人麼？妳能將這個惡婦人殺死麼？妳能殺死她，妳自己是得救了。」

停一片刻，又說，

「我的莽闖，並不是酒醉。因為我恨妳，同時要想傷害妳了。我對妳起過肉的幻想，憎惡的愛。唉，上帝的眼看的仔細，他使我什麼都失敗了！但妳對我錯誤，妳為什麼不聽你母

親的話，將我送到牢獄中去呢？妳太好了，怕要成了妳墮落的原因，妳應當狠心下手。」

一息，又說，

「阿珠，妳做一個罪人罷！這樣，妳可以救妳自己，妳的前途也就有希望。我呢，因為自己不肯做罪人，所以終究失敗了。雖則，在我的行為中，也可以有使人目我為罪人的成分，但我是不配做罪人，我的運命已給我判定了！我已無法可想，我也不能自救。雖則母弟朋友，他們都在我的身邊努力設法營救我，但這不是救我的良法，恐怕都無效了！我已錯弄了自己，我現在只有瞑目低頭向卑隘的路上去求死！我有什麼最後的方法？我不能殺人，又不能自殺，我以前曾經馴良，現在又處處庸懦，到處自己給自己弄錯誤了，我還有什麼自救的方法？我當留在人間不長久，阿珠，我希望妳凶凶地做個有力的人罷！再不要錯弄了你自己，去同這社會之惡一同向下！阿珠，做一個罪人，做一個向上的惡的人，和現社會的惡對壘，反抗！」

朋友們個個悲哀，奇怪；不知道他到底指著什麼。而阿珠，也只痴痴的聽，又哪裡會明白他的意思。這樣，他喘了一息，又說，可是聲音是無力而更低弱了：「阿珠，我想再進一步對你說，請妳恕我，請妳以我的話為最後的贈品。在妳母親的身上，好似社會一切的罪惡都集中著；在妳的身上呢？好似社會一切的罪惡都潛伏著。阿珠，妳真是一個可怕的人，妳真

是一個危險的人，而妳也真是一個可憐的人；在妳的四周的人們，誰都引誘妳，誰都欺侮妳，妳很容易被他們拖拉的向下！因此，妳要留心著，妳要仔細著，最好，妳要凶凶地下手，將妳母親的罪惡根本剷除了，再將妳自己的罪惡根本洗滌了，妳做一個健全的向上的人，妳能夠麼？妳能殺死你的母親麼？阿珠，妳做一樣克製毒物的毒物罷！妳算是以毒攻毒的毒罷！妳是無法做一個完全的善的人。在妳這一生，已沒有放妳到真美的幸福之路上去的可能了，妳一想起，妳會覺得可憐。但可以，妳做一個克製毒物的毒物罷！這樣，妳可以救妳自己。阿珠，妳能領受我的話麼？」

又喘了一息，說，

「阿珠，在今天以前，我永沒有起過愛妳的心，妳不要誤會。到今天為止，我相信妳是一個純潔的人，妳是天真而無瑕的。但妳呢，妳也曾經忘記過妳自己的了。妳想從我的手裡討去一點禮物，人生的祕密的意義。但妳錯誤了！妳竟完全錯誤了！我能給妳什麼呵？我除出困苦與煩悶以外，我能給妳半文的禮物麼？妳要我的困苦與煩悶麼？因此，我拒絕了，我堅決地拒絕了！這是妳的錯誤，妳以後應該洗滌。妳那次或者是隨便向我討取一點，那妳從此勿再轉向別人討取罷！阿珠，妳能以我的話為最後的忠告麼？」

他的聲音破碎而低，一時又咳了一咳，說，

「我也不願多說了，一多說或者要使朋友們給我的回家的計

畫失敗了。並非我切心要回家，這樣，是對不起這幾位朋友的賣力。他們要將我的身搬到死國去，我已允許他們了。阿珠，這幾位朋友都是好人，都是有才幹的人，都是光明磊落向上成就的人。唉，假如還有五分鐘的閒暇，我可以將他們介紹給妳。但沒有這個閒暇了！」一邊轉頭向偉，但眼睛還是瞧著天花板的說，「偉，這是一個將下水的女子，你能不避嫌疑的救救她麼？」

偉是什麼也答不出來。於是他又說道，

「哈，我是知道以你們的力量，還是不能救她的。」於是又轉向清說，

「清，你能負責救一個從不知道什麼的無辜的女子的墮落麼？」

清卻不得已地悲傷的慢慢的答，

「我能。蠱哥你又為什麼要說到這種地方去呢？你已允許我們，你可制止你的話了。」

「哈，」蠱接著又冷笑了一聲，說，「我不多說了。阿珠，可是妳還是危險，妳還是可憐！」

很快的停一忽，又說，

「現在，我確實不多說了，我心很清楚，和平。我最後的話，還是希望阿珠恕我無罪，領受我祝她做一樣克製毒物的毒物的願望。」

說到這裡，他息一息。四位朋友，竟迷茫的如眼前起了風

暴，不知所措的。阿珠雖不懂他的話，卻也微微地跳動她的心頭。

房內靜寂一息，蠡又說，

「現在我很想睡，不知為什麼，我很想睡。但你們不容我睡了，將我的床拆了，被席捲了，不容我睡。」

這時阿珠突然開口說，

「到這我裡去睡一息罷，朱先生，到我這裡去睡一息罷。」

「不，不要。」蠡急答，她又說，

「有什麼要緊呢？媽媽敢罵我麼？你現在有病，又要去了，她敢罵我麼？船也不會準時開的，至少要遲一點鐘，很來的及，朱先生，到我這裡去睡一息罷。」

「我又不想睡了，不知為什麼，又真的不想睡了。」

阿珠自念似的說，

「有什麼要緊，你現在有病，又要去了，媽媽敢罵我麼？有什麼要緊。」

於是蠡說，

「不，我不要睡。我要睡，地板上也會睡的。」

阿珠默了一息，又問，

「你要茶麼？」

一邊又轉向他們問，

「你們也要茶麼？

「不要。」

「謝謝。」

偉和清的心裡，同時想，

「怎樣奇怪的一位女子呵！」

阿珠又微笑的孩子般說，

「我們不知道什麼時候再見了？」

「不要再見罷！」蠡說。

這時清唯恐他又引起什麼話，立刻愁著眉說，

「蠡哥，話完了麼？我們再也不能不動身了。」

「是呀，我們再也不能不動身了。話呢，哪裡有說完的時候。」

偉也說，

「還是走了可以平安一切。」

「是呀，」蠡微笑的，「過去就是解決。進行之尾，會告訴人們到了解決之頭。否則，明天是怎麼用法呢？」

「那末我們走罷。」清說。

「隨你們處置。」

這樣，佑就去叫車子。

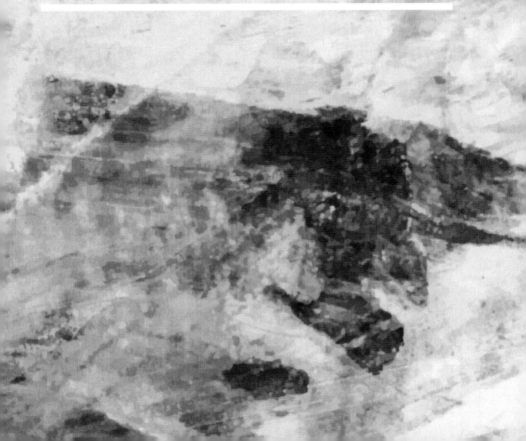

下部：

冰冷冷的接吻

第一　到了不願的死國

　　二十點鐘的水路，已將他從滬埠裝到家鄉來了。

　　他們乘的是一隻舊輪船，是一隻舊，狹窄，齷齪的輪船。雖然他們坐的是一間小房間，可是這間小房間，一邊鄰廁所，一邊鄰廚房。也因他到船太遲，船已在起錨，所以沒有較好的房間。他們在這間小房間之內，感到極不舒服，一種臭氣，煤氣，和香油氣的醞釀，衝到他們的鼻孔裡來，胸腔有一種說不出的要作嘔似的難受。有時蟲竟咳嗽了一陣，連頭都要暈去。

　　在這二十小時之內，蟲時時想避開這房內，到船頭船尾去閒坐一回，徘徊一回，或眺望一回；但他的身子使他不能多動，一動就要咳嗽。而且支持無力，腰骨酸裂的。因此，他們只在當晚，得了船主的允許，叫茶房將被毯搬上最高露天的一層，他們同睡了四五點鐘以外，──後來因蟲覺到微風吹來的冷，而且露大，就搬回來了。於是他們就在房中，沒有走出門外一步。

　　蟲在這房中，他自己竟好像呆呆地莫名其妙。他只是蹙著眉仰天睡著，嗅那難聞的惡臭，好像神經也為它麻木了。他從沒有想到要回家，但這次的猝然的回家，被朋友們硬裝在船中的回家，他也似沒有什麼奇怪。過去的事情是完全過去的了！但未來，到家以後要怎樣，那還待未來來告訴他，他也不願去

推究。因此，在這二十小時之內，他們除了苦痛的忍受之外，沒有一絲別的想念和活動。船是轆轆的進行，拖著笨響的進行。清坐著，手裡捧著一本小說，一頁一頁的翻過它。他沒有對這極不願說話的病人多說話，只簡單的問了幾句。心裡也沒有什麼計算和預想。

到了第二天午刻，船抵埠了，客人們紛紛搶著先走。蠡才微笑的做著苦臉向清問道，

「到了死國了麼？」

清也微笑地答，

「是呀，到了生之土呵！」

接著清又問蠡要否雇一頂轎子，蠡說，

「勞什麼轎子，還是一步一步的慢慢的走罷。我很想走一回，坐一回，費半天的到家裡呢。」

清也就沒有再說什麼，行李寄託給茶房，他們就上岸。

這埠離他們的村莊只有五六里，過了一條小嶺，就可望見他們的家。

蠡真是走一回，坐一回。他硬撐著兩腳，向前開步。昏眩的頭，看見家鄉的田，山，樹木，小草，都變了顏色，和三年前所見不同；它們都是憔悴，疲倦，無力，淒涼。他們走到了小山腳的一座亭子上，他們將過山嶺了，蠡對清說，

「你先回去罷，我很想在這亭中睡一息，慢些到家。你先回去罷，我不久就可到的。」

清說，

「我急什麼呢？同道去。你走的乏了，我們可以在這裡多坐一下。你要睡一趟也好，我們慢慢地過嶺好了。」

「你先回去罷，讓我獨自盤桓，我是不會迷了路的。」

「不，我陪你，我急什麼呢？我們總比太陽先到家呵！」

清微笑的說，一邊他們就停下腳步。

過了約半點鐘。蟲是睡在亭前的草地上，清是坐在亭邊一塊石上，離他約一丈遠，在看他的小說。

這時蟲的外表是很恬淡，平靜，身體捲伏在草地上似睡去一樣。太陽微溫地照著他的身子。西風在他的頭上吹過，他的亂髮是飄動的。蟬在遠樹上激烈而哀悲的叫。一切有韻的生動的進行，不能不使他起了感慨，少年時代的和這山的關係的回憶：從八九歲到十五六歲，那時沒有一天不到這山上來玩一趟的。尤是在節日和例假，那他竟終日在這山上，這山竟成了他的娛樂室，遊藝場了。一花一草，一岩一石，都變做他的恩物，都變做他的伴侶。同時，他和幾個小朋友們，── 清也是其中之一人，不過清總是拌著手，文雅雅的。── 竟跳高，賽遠，練習野戰，捉強盜，做種種武裝的遊戲。實在說，這山是他的第二家庭，他早說，死了也應當葬在這山上。他由這山知道了萬物，他由這山知道了世界和宇宙，他由這山知道了家庭之外還有家庭，他由這山知道了他的村莊之外還有更大的村莊和人類之所在。而且他由這山知道了人生的悲劇，── 人老

了，在苦中死去了，就葬在這山的旁邊。種種，他由這山認識
起來。

　　有一回，那時他的父親還在世。他的父親牽他到這山上來
玩。一邊還來看看所謂輪船，——初次輪船到他的村莊。他
先聞得遠遠的天邊有物叫了，叫得很響很響。隨後就有一物來
了，從島嶼所掩映的水中出來。它望去很小，在水上動的很
慢。當時這船的外殼是塗著綠油和黑色鉛板，蠲竟跳起了仰著
頭問他的父親，

　　「爸爸，輪船像金甲蟲嗎？」

　　他父親也笑了一笑，說，

　　「像金甲蟲？你看像金甲蟲麼？」

　　「是呀。」

　　「那末你有輪船了？」

　　「小一些我有，這樣大可沒有。」

　　這樣，他父親又笑了一笑。隨著就將輪船的性質，構造，
效用等講給他聽。因他的父親在滿清也是一個新派的人，而且
在理化講習所畢業的。所以這時，他連瓦特發明蒸汽的故事，
也講給他聽了。他聽了竟向他父親跳著說道，

　　「爸爸，我也要做瓦特先生。」

　　「那末你也會發明輪船呢！」

　　「嘿，我的輪船還會在天上飛；因為金甲蟲會在天上飛的。」

　　因此，他的父親更非常地鍾愛他。回家後，他的父親笑向

157

他的母親說，

「蠶兒真聰明，將來一定給他大學畢業出洋留學。」

不久，他的父親死了。雖則，他所以能在大學畢業二年，也是他的母親聽了他父親的遺囑。但因為父親之死，家庭的經濟更加窘迫，收入沒有，債務累積。結果，他竟失學，失業，使他的人生起了如此的變化。

「天上會飛的船在哪裡呢？還是在天上飛呵！」蠶想了一想。

這樣，他們過了約半點鐘。清有些等待不住的樣子，收了小說向蠶問，

「蠶哥，可以走麼？」

蠶也就坐了起來，痴痴的說，

「走罷，走罷，我也沒有方法了，實在，我還該乘這金甲蟲回去，造我天上會飛的金甲蟲！」

一息，又說，搖搖頭，

「可是天上會飛的金甲蟲，早已被人造出來了，這又有什麼稀奇呢！父親對我的誤謬，會一至於此！」

清聽了卻莫名其妙，隨口問，

「什麼金甲蟲？」

「呀，蜻蜓呵！」

「哪隻蜻蜓？」清的眼睛向四野看。

「天上飛的蜻蜓。」

蠱慢慢的說。清急著問，

「你為什麼又想到飛機呢？」

「不，想到我的父親了。」

清聽了，更莫名其妙，愁著想，

「他還是胡思亂想，為什麼又會想到他早已死了的父親呢？」

一邊，仍向蠱問，

「蠱哥，你會走麼？」

「走罷。」

他們同時立起身來。

這時，卻早有人到他們的村莊，而且將蠱的回家的消息，報告給他的母親了。所以當他們開始慢慢的將走上嶺的時候，就望見一個十三歲的少年，氣喘喘的跑下嶺來，一見他們，就叫個不住，

「哥哥！哥哥！哥哥！」

他們也知道他是誰了。清微笑著說，

「蠱來了。」蠱說，

「這小孩子，來做什麼呢！」

「迎接你哥哥呢。」

「還是不迎接的好。」

一邊他心又酸楚起來。

這孩子異常可愛，臉白，眉目清秀，輪廓和蠱差不多，不

過蘊瘦，頎長，他稍圓，豐滿一些。他穿著一套青布校服，態度十分活潑，講話也十分伶俐，他跑的很喘，一手牽著蘊的手，一手牽著清的手，竟一邊「哥哥，」一邊「清哥，」異常親昵地叫起來。他們兩人也在他的手上吻了一吻，拍了一拍他的肩。這樣，是很表出他們兄弟久別的情形來。

這時瑀很想三步兩腳的跑到家裡，可是蘊和清，還是一樣慢的走。他們是看看鄉村的景色，好像是旅行，並不是歸家一樣。蘊急了，他向清說道，

「清哥，可以走走快一些麼？」

清也就笑了一笑，說，

「小弟弟，急什麼？橫是家已在眼前了。」

瑀又緩緩的說，

「媽媽怕等的著急呢！」

於是清又接著說，

「你不知你的哥哥身體不好麼？」

瑀聽了，好似恍然大悟，他眨了一眨他的圓活的眼睛，急促的態度就和平了一半。

這時，他們走過嶺。一邊，瑀告訴他的哥哥，

「哥哥，媽媽此刻不知怎樣呢？媽媽怕還在哭著。媽媽聽到王家叔說哥哥有病以後，每餐飯就少吃了一碗。媽媽常一人揩淚的。方才媽媽聽說哥哥來，媽媽真要跌倒了。媽媽本來要到埠來接你，但以後對我說，『瑀呀，我的腳也軟了，走不動了，

你去接你的哥哥，叫你的哥哥坐頂轎子來罷。』媽媽叫我慢慢的走，我是一直跑到這裡。哥哥已經來了，哥哥為什麼不坐轎子呢？」

他說話的時候，又不知不覺的跑上前面去，又退到他們的身邊，看看他哥哥的臉。他的哥哥也看看他，可是沒有說話。瑀又說，

「媽媽在吃中飯的時候，還說，── 哥哥也不知幾時會來？和伯還說，叫我再催一封信給哥哥。我很怕寫信呢，可是哥哥也回來了。」

孩子又笑了一笑。他的小心對於他久別的哥哥的回來，真不知怎樣的快樂。這時清插進了一句褒獎的話，

「你前信寫的很好。」

「哪裡，哪裡，」瑀又笑了一笑，說，「前封信我連稿子都沒有，因為媽媽催的緊。她說哥哥的面前是不要緊的，寫去就好了。現在，清哥，被你見過了麼？」

說時，臉色微紅了一紅。清笑答，

「見過了，很好呢！」

「真倒楣。」

「有什麼？」

這樣，一時沒有話，各人似都難受。又略坐一息，ろ說，

「媽媽常說哥哥不知瘦到怎樣。哥哥真的比以前瘦多了。假如沒有清哥同道，我恐怕不認識哥哥。現在也不知道媽媽認識

不認識？」

「你的媽媽一定不認識了。」

清特意說了一句，一邊又留心看一看瑀，似話說錯了一般。瑀沉思的說，

「媽媽會不認識了？」

「認識的，哪裡會不認識。你的哥哥也沒有什麼大改變，不過略略瘦了一點肉就是。」

他又看一看毓，而毓似更難受了。毓想，

「哪裡會只瘦了一點肉，我的內心真不知有怎樣的大變動！」

可是他終沒有說，他是仍舊微笑著愁苦著前走。

這樣，他們一邊說，一邊走。現在，已離他們的村莊很近了。

他們這村莊的形勢和風景都很好。一面依山；山不高，也沒有大的樹木。可是綠草滿鋪著山上，三數塊玲瓏的岩石鑲嵌著。岩石旁邊也佇立著小樹，迎著風來，常裊裊裊裊的有韻的唱出歌聲。這山的山脈，是蜿蜒的與方才所過的山嶺相連接的。這村的三面是平野，── 田疇。這時禾稻正青長的，含著風，一片的拂著青浪。橫在這村的前面，還有一條清澈的小河。這河的水是終年清澈，河底不深，一望可見水草的依依。兩岸夾著楓柳等樹，倒映在水底，更姍姍可愛。

這村共約三百戶，村莊雖不大，卻很整齊。大半的居民都

務農業。次之是讀書和漁人。他們對於經商的手段似不高明，雖距海面只十數里，船到港裡只五六里，可是交通仍不發達。這村的經濟情形也還算均等。他們村民常自誇，他們裡面的人是沒有一個乞丐或盜賊。實在說，朱勝蠱的家況，要算這村中最壞的。而清呢，似要算最好的了。

現在，蠱和清都可望見他們自己的家。一個在南端，一株樟樹的蔭下就是。一個在北端；黑色的屋脊，蓋在紅色的窗戶上，儼然要比一班的住宅來的高聳。

但這時的蠱，可憐的人，愈近他家，心愈跳的厲害了！他似不願見他的母親。他羞見他的母親，也怕見他的母親。瑀是快樂的，他真快樂的跳起來，他很急忙地向他的哥哥問，

「哥哥，你肚子餓了麼？你船裡沒有吃過中飯麼？我要先跑去，我要先跑去告訴媽媽？」

蠱答不出話來。清說，

「你同你的哥哥一同去好了。陪著你的哥哥一同走，橫是五分鐘以內總到家的。」同時就走到了分路的口子，清接著說，

「瑀呀，我要向這條路去了。我吃了飯再到你的家裡來。」

「清哥，你也到我的家裡去吃飯好罷？」

一邊又看了一看他的哥哥。清說，

「不要客氣了，小弟弟。你同著你哥哥慢慢的走。我比你們先吃飯呢，留心，同你哥哥慢慢的走。」

他們就分路了。

　　這時的鼇，卻兩腳痠軟，全身無力，實在再不能向前走！他止不住地要向他的弟弟說，──弟弟，親愛的弟弟，我不想到家去了！我不想見媽媽了！我怎樣好見媽媽呢？我帶了一身的病與罪惡，我怎麼好見媽媽呢？弟弟，我不見媽媽了！我不到家去了！──但他看看他眼前的弱弟，天真的弱弟，他怎樣說得出這話來呢？他再說出這話來傷他弟弟幼小的心麼？他還要使他的弟弟流淚麼？唉！他是多少苦痛呀！而他的弟弟，聰明的瑀，這時正仰著頭呆呆地眼看著他的哥哥的臉上。

　　他們一時立住不走。清回轉頭來，用著奇怪的眼光，望著他們的身後。

第二　跪在母親的愛之前

　　從不得已中推動他們的身子，這時已到了樟樹底下。只要再轉一個牆角，就可直望見他們家的門口。矗不知不覺地低下頭，頹傷的，腳步異常的慢。有一位鄰舍正從他的家裡出來，遇見他，鄰舍是很快活的叫他一句，「矗，你回來了？」而他竟連頭都不仰，只隨便的答一聲，「口汗。」好似十分怠慢。這時的瑀，實在不能跟牢他的哥哥走。一邊向他的哥哥說，

　　「哥哥，我去告訴媽媽去。」

　　就跑去了。跑轉了一個彎，只聽他開口重叫，

　　「媽媽，媽媽！哥哥回來了！哥哥回來了！」

　　矗在後邊，不覺自己嘆息一聲，道，

　　「弟弟，我對不起你呀！我太對不起你了！」

　　立刻他又想，

　　「我怎樣可見我的媽媽呢？我怎樣可見我的媽媽呢？我急了！叫我怎樣呢！唉，我只有去跪在她的前面，長跪在她的前面！」

　　在這一刻的時候，他的媽媽迎了出來。——她是一位六十歲的老婦人，但精神體格似還強健，他們在大門外相遇。她一見她的兒子，竟一句話也說不出來，只發著顫音，叫一聲「矗呀！」一邊她伸出了手，捻住矗的兩腕；淚不住地簌簌滾下來。

165

而蠡呢，在這母愛如夏日一般蒸熱的時候，他看著他的年老的母親是怎樣偉大而尊嚴，他自己是怎樣渺少脆弱的一個。他被他的老母執住手時，竟不知不覺的跪下去，向他的母親跪下去！這樣，他母親悲哀而奇異的說，

「兒呀！你起來罷！你起來罷！你為什麼呢？」

這時的蠡，接著哭了！且愈哭愈悲，他實在似一個身犯重律的囚犯，現在勢將臨刑了，最後別一別他的母親。他母親也哭起來，震顫著唇說，

「兒呀！你起來罷！你真可憐！你為什麼到了這個樣子呢？你病到這個樣子，兒呀，你不要悲傷罷！你已到了家了！」

一息又說，

「我知你在外邊是這樣過活的麼？兒呀，你為什麼不早些回家？早些回家，你不會到這個樣子了外邊是委屈你，我不知道你怎樣過活的！我不叫瑀寫信，你或者還不會回來！兒呀！你真要在外邊怎樣呢？現在，你已到了家了！你不要悲傷罷！」

一息又說，

「以後可以好好地在家裡過日子，無論怎樣，我當使你和瑀兩個，好好地過日子！我除了你們兩個之外還有什麼呢？你起來罷！」

苦痛之淚是怎樣湧著母子們的心坎！母親震撼著身子，向他兒子一段一段的勸慰；兒子呢，好像什麼都完了！——生命也完了，事業也完了，就是悲傷也完了，苦痛也完了，從此

到了一生的盡頭，這是最後，只跪求著他母親赦宥他一般。此外，各人的眼前，在母子兩人之間，顯然呈現著一種勞力，窮苦，壓迫，摧殘，為春雨，夏日，秋霜，冬雪所磨折的痕跡。瑀也痴痴的立在他母兄的身邊，滴著他的淚，──小心也將為這種苦痛的景象所碎破了。他默默地看看他的母親，又默默地看看他的哥哥，說不出一句話，只滴著他的淚，一時揉著他的眼。這樣，他們在門外許久，於是母親說，

「蠡，我昏了！哭什麼？進去罷！你該休息了！」

接著向瑀說，

「瑀呀，你也為什麼？扶你的哥哥進去。」

這時，蠡似再也沒有方法，他趁著他的母親牽起他，他悲傷含痛的起來。呼吸緊促，也說不出話。就腳步輕輕的，歪斜地走進屋子。

他們的住家，是一座三間相連的平屋。東向，對著一個小小的天井。南邊的一間，本來是蠡的書室。裡面有一口書櫥，和兩隻書箱，還有一張寫字桌子。──這些都是他的父親用下來的。現在是放著蠡的書，幾幅畫，和一切筆硯之類。這時，在各種書具櫥桌上面，卻罩著一層厚厚的灰，好似布罩一樣。房的一邊，西窗的一邊，有一張床。床空著，在床前床後，是滿堆著稻草。中央的一間是小客堂，但也是膳食之所和工作室。當中有一張黑色的方桌，兩邊有四把笨重的古舊的大椅，漆也都脫落了，可還是列陣室放著一樣，沒人坐它。北邊的一

間，是他的母親和瑀的寢室。但也是他家中的一切零星物件，甚至油米醬菜的貯藏所。三間的前面是廊，廊內堆積著各種農作物的稈子，如麥，豆一類；廊下卻掛著玉蜀黍，菽，一類的種子。顯然，他們是農家的樣子。在這三間的後面，是三間茅草蓋的小屋，一間廚房，一間是豬欄和廁所，一間是一個他家裡的老長工名叫和伯的臥室，各種農具也在壁上掛著。

他們的房子，顯然是很古舊的了。壁是破了，壁縫很大，窗格也落了，柱子上有許多蟲孔。而且他全部的房子，有一種黑色的灰塵，好像柏油一般塗著。

這時他們母子三人都集在他母親的房裡。當她跳進門的時候，一邊問蠶，

「你的行李呢？」

蠶開口答，

「寄在埠頭。」

一邊，他母親執意要蠶睡一下，蠶也就無法的睡在他弟弟的床上。一息，他母親又向瑀說，

「瑀呀，你到田野去叫和伯回來，說哥哥已經到家了，叫他趕快去買一斤麵，再買點別的，你哥哥一定餓了。」

於是瑀向門外跑去。

這時他們母子的苦痛的濃雲，好像消退許多。陽光淡淡地照著天井，全家似在幽祕裡睡眠著，空氣很靜。時候約下午二時。

蠱，仰睡在他弟弟的床上。── 這時一張小床，靠在他母親的一張舊的大床的旁邊。他睡著，全身緊貼的微溫的睡著，他好像什麼都沒有想，什麼都到止定的時候一樣。他眼睛向四周隨便的看看，四周的景物與陳設，還是和三年前一樣，就是三年前的廢物，現在也還照樣放著，一些沒有改變。他對於這些也沒有什麼感想。但無形間，他覺得生疏許多了。他覺得不十分恰合，也不十分熟識似的。環境的眼睛也瞧著他，也似不能十分吸收他進去；它們是靜默的首領，不是歡聲的迎接。因此，蠱有時在床上轉一轉，一邊蹙一蹙眉，呼一口氣。

可是他的這位老母親，她真有些兩樣了；她對於她的兒子這次的歸來，竟似尋得了已失去的寶貝一般。快樂使她全身的神經起了興奮，快樂也使她老年的意識失了主宰。她一息到房內，一息又到廚間；一息拿柴去燒火，一息又取醃的豬肉去切。她好像願為她的兒子賣盡力氣，她也好像願為她的兒子忠誠地犧牲一切！蠱看著似乎更為不安，他心裡微微地想，

「老母呀！妳真何苦呢！妳大可不必啊！為了妳的兒子，妳何苦要這樣呢？妳真太苦了！老母呀！」

所以當這時，他母親捧來了兩盞茶，放在桌上。她向蠱說，

「你先喝杯茶罷。」

而蠱就立刻起來，回答他母親說，

「媽媽，妳太忙碌了！我不是妳家裡的客人，妳何必要這樣

忙碌呢？媽媽，妳坐一息罷！妳安穩的坐一息罷。」

可是他的母親，一邊雖坐下，一邊卻滔滔地說起來了，

「蠡呀，你哪裡知道我呢！你哪裡能夠知道我的心呢！這樣是我自己心願的，但這樣也算得忙碌麼？一些不忙碌，我快樂的。可是有時候，一想到你，真不知心裡怎樣，你哪裡能知道呢！」

息一息又說，

「有時一想到你，想到你在外邊不知怎樣過活，我心裡真不知有怎樣的難受！蠡呀，你哪裡能知道呢！你是廿一歲出去的，你說到大學去讀書，可是你東奔西跑，你在大學又讀了幾時呢？我是沒有錢寄給你，這兩年來，家裡的景況是更壞了。你呢，你也不向我來要錢。我不知道你在外邊真的怎樣過活，你一定在外邊受苦了！」她似又要流下眼淚，她自己收住了。「蠡呀，你一定在外邊受苦了！否則，你會瘦到這樣子麼？我真不知你在外邊怎樣過活，但你為什麼不早些回來？這是你自己的家，你為什麼不早些回來？我也想不到你會瘦到這樣！我只有時時刻刻的想你，我不會想到你竟得了一身的病！我只想你總在外邊受苦，我也想不到你會在外邊輾轉磨折到如此！兒呀，我早知你如此，就是一切賣完，也寄一些錢來給你。但是我哪裡會想到你竟到這樣呢！我一想到你，心裡不知怎樣地難受，心頭有一塊什麼東西塞著似的。但假如我早會想到你這樣，我恐怕也要病了。蠡呀，你為什麼不早些回來呢？你不到

如此，你是不會回家的麼？就是到如此，假如瑪不寫信，你還是不會回家的麼？你忘記了這是你的家了！你也忘記了你的媽媽了！你哪裡知道你的媽媽的時刻想念你呢？你一定忘記了你的媽媽了！否則，為什麼不早些回來呢？」

說到這裡，她才停一息。又說，

「幾天前，從王家叔告訴我，說你有病，心不舒服，睡著一句話也沒有說，臉瘦的不成樣子。我聽了以後，不知道心裡急的怎樣！我叫瑪寫信，瑪慢慢的，我就罵了。以後，我吃飯的時候想到你，做事的時候也想到你。兒呀，我真切心地想你。」

這樣，她又略停片刻。她看茶已涼了，一邊捧茶給蟲，一邊說，

「我忘記了，茶涼了。你喝一盞罷。這樣，你可安一安心。」

蟲用兩手來受去茶。她接著說，

「我這幾夜來，夜夜夢裡做著你！一回夢到在摸摸你的手臂，我說，還好，瘦的還好；他們說你瘦的怎樣屬害，但現在瘦的還好。一回又夢你真的瘦的不成樣子了！全身一副骨，比眼前還屬害的多。一回夢說你不回家了，而且從此以後，永遠不回家了！我竟哭起來，我哭起來會被你的瑪叫醒。但一回卻又夢你很好，賺了很多的錢，身體很健的回到家裡。有時，夢你竟妻也有了，子也有了。但有時夢你……夢你……唉，夢你死了！」

說到死了，竟哽咽的。一息，又接著說，

「我每回夢過你醒來以後，總好久睡不著。我想，不知道這個夢兆是吉是凶。又想你在這樣夜半，不知是安安的睡呢？還是心中叫苦？還是胡亂的在外邊跑？雖則我知道你的性子是拗執的，但這樣的夜半總不會開出門到外邊去亂跑。假如安安的睡呢，那我更放心了。假如病中叫著，叫著熱，叫著要茶，又有誰來回答你？——我總這樣反覆地想，想了許久許久，才得睡著。有時竟自己對自己說，嚻已是廿幾歲的人了，要養妻哺子了，他自己會不知道麼？何必要你這樣想！勞你這樣想！可是自己還是要想。嚻呀，這幾天來，我恐怕要為你瘦的多了！你又哪裡知道呢！」

這時，衰老的語氣，悠長地完結。一種悲哀的感慨，還慢慢地拖著。

母親說著；她這樣的將想念她兒子的情形，縷縷地描寫給她兒子聽，她憑著母性的忠實的慈愛，她憑著母性的偉大的犧牲的精神，說著，坦白而真切地，將她心內所飽受的母愛的苦痛，絲毫不選擇的，一句一句悲傷地完全說盡了。

可是這久離家鄉的兒子，聽著眼前慈母這一番話，他心裡怎樣呢？他是不要母親的，他看作母親是他敵人之一的；現在聽了這樣的一番話，她想念她兒子比想念她自己要切貼千倍，萬倍，這樣，他心裡覺得怎樣呢？苦痛，傷感，又哪裡能形容的出？他只是臉上有一種苦笑，苦笑！兩眼不瞬地望著桌上的茶盞，苦笑只是苦笑！他一句沒有說，一句沒有插進嘴，好像

石像一樣。

而這位忠心於母愛的老婦人，卻又說道，

「兒呀，幸得你媽媽身體還健，否則，我早為你生病了。我今年已經六十歲，你總不會忘記了你媽媽今年已經六十歲。我除了時常要頭暈之外，我是沒有毛病的。近來雖有時要腰酸，做不得事，可是經你弟弟搥了一頓，也就會好了。」

正是這時，他們的長工和伯從田野回來。他是一位忠實的僕人，幫在蟲的家裡有三四十年了。他名叫和，現在蟲等都叫他和伯。他自己是沒有家，現在竟以蟲的家為家。也沒有妻子。他只知道無夜無日的，終年的做著，做著。稻收進了又要種麥，麥收進了又預備種稻，在這樣的輾轉中，他竟在蟲的家中送過三四十年的光陰。他不覺他自己的生活是空虛，單調，他倒反常說，眼前的景象真變的太快了。他說，──他看見蟲的父親和母親結婚，以後就養出蟲來。蟲漸漸的大了，他們也就漸漸的老了。現在蟲又將結婚呢，可是他的父親，卻死了十幾年了！何況還有瑀呀，謝家的姑娘呀，在其中做配角和點綴。

這位忠實的農人，他身矮，頭圓，面孔和藹，下巴有幾根鬚。他雖年老，精神還十分強健，身體也堅實。這時，他一進門，還不見蟲的影子，只聞他母親向他說話的聲音，他就高興地叫起來。

「蟲，你回來了？」

他也以蟲的歸來，快樂的不能自支。蟲迎著，對他苦笑了

一笑。和伯接著說，

「這樣瘦了！真的這樣瘦了！呵，和前年大不相同了！」

這時鬷的母親向他說，

「你快去買一斤麵來。還買兩角錢的豆腐和肉，你快些。鬷在船上沒有吃過東西，已很餓了。」

同時就向櫥中拿出兩角錢給他。他就受去買東西去了。

第三　弟弟的要求

　　在吃過麵以後，他的母親一邊打發這位老長工到埠頭去挑行李，一邊囑蝨安心地睡一覺。她自己就去整理蝨的書室，──先將床前床後的稻草搬到後邊的小屋去。再用掃帚將滿地的垃圾掃光了。再提了一桶水來，動手抹去櫥桌上的這層厚厚的灰。她做著這些事情，實在是她自己心願的，她不覺勞苦。她的意識恍恍惚惚似這樣的說道，

　　「我的兒子重尋得了！他已經失去過呢，可是現在重尋得了。我要保護他周到，我要養他在暖室裡面，使他不再冒險地飛出去才好。」

　　她幾次叫瑀離開他的哥哥，而這位小孩子，卻想不到他哥哥的疲勞，他只是訴說他自己要說的話。以後母親又叫，

　　「瑀呀，不要向你哥哥說話，給你哥哥睡一下罷。」

　　瑀皺一皺眉，十二分不滿足似的。於是蝨說，

　　「你說，我在船裡睡夠了，現在不想睡，你說。」

　　這樣，瑀似得了號令，放肆的告訴他滿心所要說的話。他大概所告訴的，都是關於他們的學校裡的情形。教師怎麼樣，誰好，誰壞，誰凶，誰公正和善，誰學生要驅逐他。功課又怎樣，算術是最麻煩的，體操誰也願意去上。他喜歡音樂和圖畫，可是學校裡的風琴太壞，圖畫的設備又很不完全。於是

又談到同學，誰成績最優，被教師們稱讚；誰最笨，十行書一星期也讀不熟。他自己呢，有時教師卻稱讚他，有時教師又不稱讚他。以後更談到誰要做賊偷東西，偷了別人的墨還不算，再偷別人的筆，於是被捉著了，被先生們罵，打，可是他自己還不知道羞恥的。這樣，他描寫過學校裡的情形以後，進而敘述到他自己的遊戲上來。他每天放學以後，總到河邊去釣魚，魚很多；所以容易釣。星期日，他去跑山，他喜歡跑上很高的山，大概是和朋友們五六人同去的，可是朋友們喜歡跑高山的人少。他更喜歡跟人家去打獵，打鹿，山雞，兔，鵪鶉，可是他母親總禁止他。實在說，他一切所告訴的，都是他自己覺得甜蜜而有興趣的事。就是母親的責罵，教師的訓斥，他也向他的哥哥告訴了。他的世界是美麗的，遼闊的，意義無限的，時時使他向前，包含著無盡的興趣和希望。在他訴說的語句之中，好像他一身所接觸的地方，都是人生的真意義所存在的地方。他的自身就是蜜汁，無論什麼接觸他都會變成有甜味。他說了，他很有滋味地說了；最後，他想到了一件不滿足的事，他說，

「可惜哥哥不在家，否則，哥哥不知有怎樣的快樂，我也更不知有怎樣的快樂呢！」

說完，他低下頭去。這時，瑀也聽的昏了，他微笑地看著他的弟弟，說了一句，

「以後你的哥哥在家了。」

「呀？」瑪立時高興起來。可是一轉念，又冷冷的說，

「你病好了，又要去的。」

「那末你祝我的病不好便了。」

「呵！」瑪駭驚似的，兩眼一眨。齧說，

「瑪，我老實向你說，我的病一輩子是不會好的，那我一輩子也就不會去了。」

「哥哥一時真的不去了麼？」瑪又希望轉機似的。

「不去了。那你要我做什麼呢？」

「快樂喲，當然隨便什麼都可以做。」

瑪又沉思起來，一息說，

「哥哥，你第一要教我上夜課。第二呢，釣魚。」

「你白天讀了一天的書，還不夠麼？」

「不是啊，」瑪又慢慢的解釋，「同學們很多的成績都比我好，算術比我好，國語比我好。但是他們的好，都不是先生教的，都是從他們的哥哥，姊姊那裡上夜課得去的。他們可以多讀幾篇書，他們又預先將問題做好，所以他們的成績好了。我呢，連不懂的地方，問都沒處去問，媽媽又不懂的。所以現在哥哥來，我要求哥哥第一給我上夜課。第二呢，釣魚；因為他們都同他們的哥哥去釣，所以釣來的魚特別多。」

「好的，我以後給你做罷。」

「哥哥真的不再去了麼？」

「不會再去了，哥哥會不會騙你呢？」

「騙我的。」

「那末就算騙你罷。」

而瑀又以為不對，正經地向他哥哥說，

「哥哥，明天我可同你先去釣魚麼？」

「好的。」

「你會走麼？」

「會走。」

「媽媽或者要罵呢？」

「媽媽由我去疏通。」

這時瑀更快樂了。一轉念，他又說，

「可是我那釣桿在前天弄壞了，要修呢。」

「那末等你修好再釣。」

「修是容易的。」

「釣也容易的。」

「那末明天同哥哥去。」

「好的。」

這樣又停了一息，弟弟總結似的說，

「我想哥哥在外邊有什麼興趣呢？還是老在家裡不好麼？」

蠶也無心的接著說，

「是呀，我永遠在家了。」

弟弟的願望似乎滿足了。他眼看著地，默默地立在他哥哥的床前，反映著他小心的一種說不出的淡紅色的欣悅。正這

時，只聽他們的母親，在魆的書室內叫，

「瑀呀，你來幫我一幫。」

瑀一邊答應著，

「口汗。」

一邊笑著向他的哥哥說，

「哥哥，你睡。」

接著，他就跑出門外去。

可是哥哥還是睡不著。他目送他的弟弟去了以後，輕輕地嘆息一聲。轉了一轉身，面向著床內，他還是睡不著。雖這時的心波總算和平了，全身通過一種溫慰的愛流，微痛的愛流。剩餘的滋味，也還留在他的耳角，也還留在他的唇邊，可是他自身總覺得他是創傷了，他是戰敗了。他的身子是疲乏不堪，醫生對他施過了外科手術以後一樣。他的眼前放著什麼呵？他又不能不思想。他想他母親的勞苦，這種勞苦全是為他的。又想他弟弟之可愛，天真，和他前途的重大的關係。努力的滋養的灌溉與培植，又是誰的責任呢？他很明白，他自己是這一家的重要份子，這一家的樞紐，這一家的幸福與苦痛，和他有直接的關聯。回想他自己又是怎樣呢？他負得起這種責任麼？他氣喘，他力弱，他自己是墮落了！過去給他的證明，過去給他的響號，過去給他的種種方案與色彩，他已無法自救了！現在，他還能救人麼？他汗顏，他苦痛呀！他在喉下罵他自己了，

「該死的我！該死的我！」

他想要向他的母親和弟弟懺悔，懺悔以後，他總可兩腳踏在實地上做人。他可在這份家庭裡旋轉，他也可到社會去應付。但他想，他還不能：「我為什麼要懺悔？我犯罪麼？沒有！罪惡不是我自己製造出來的，是社會製造好分給我的。我沒有反抗的能力，將罪惡接受了。我又為什麼要懺悔？我寧可死，不願懺悔！」

這樣想的時候，他的心反而微微安慰。

一時他又眼看看天外，天空藍色，白雲水浪一般的皺著不動，陽光西去了。一種鄉村的草藥的氣味，有時撲進他的窗內來。他覺到他自己好似展臥在深山綠草的叢中，看無邊的宇宙的力推動他，他默默地等待那死神之惠眼的光顧。

如此過了一點鐘。一邊他母親已收拾好他的房間，一邊和伯也挑行李回來了。

和伯幫著他母親拆鋪蓋，鋪床。

他半清半醒的在床上，以後就沒有關心到隨便什麼事，弟弟的，或母親的。而且他模糊的知道，母親是走到他床前三四次，弟弟是走到他床前五六次，他們沒有說過一句話。她輕輕的用被蓋在他胸上，他身子稍稍的動了一動。此外，就一切平寧地籠罩著他和四周。

第四　晚餐席上的苦口

黃昏報告它就職的消息，夜色又來施行它的職務。

蠢這時倒有些咳嗽，母親著急的問他，他自己說，這或者是一個小小的「著涼。」病症呢，他到現在還是瞞著，而且決計永遠不告訴他的母親。

於是他的母親又只得預備吃飯。在這張舊方桌的上面，放著幾樣菜，豆腐，蛋與醃肉等。他們坐在一桌上。這時清進門來，他們又讓坐。清又用「吃過了」三字回答他們的要他吃飯。清坐下壁邊的椅上，於是他們就動起筷來，靜靜的。

桌上放著一盞火油燈，燈光幽閃的照著各人的臉，顯出各人不同的臉色。

清呆呆的坐著沒有說話，他好似要看這一幕的戲劇要怎樣演法似的。桌上的四人，和伯是照常的樣子，認真吃飯，瑀好像快活一些，舉動比往常快。在蠢的臉上，顯然可以知道，一種新的刺激，又在擊著他的心頭。雖則他這時沒有什麼惡的繫念，可是他的對於母性的愛的積量，和陷在物質的困苦中的弟弟，他是十二分的激盪著一種同情，── 不，與其說是同情，還是說是反感切貼些。他是低著頭看他自己的飯碗。他們的母親是顯然吃不下飯，不過還是硬嚼著，好似敷衍她兒子的面子。當然，她的吃不下飯，不是因她的面前只有一碗菜根。她

181

所想的，卻正是她的自身，她的自身的歷史的苦痛！

　　她想她當年出閣時的情形。這自然是一回光榮的事，最少，那時的家庭的熱鬧，以及用人與田產，在這村內要算中等人家的形勢。但自從鑫的父親，名場失利以後，於是家勢就衰落了。當然，鑫的父親是一個不解謀生的儒生，他以做詩與喝酒為人生無上的事業。更在戊戌政變以後，存心排滿，在外和革命黨人結連一契，到處鼓吹與宣傳革命的行動。在這上面，他更虧空了不少的債。不幸，在革命成功後一年，他也隨著滿清政府到了縹緲之鄉去了！鑫的父親死了以後，在家庭只留著兩個兒子與一筆債務。她是太平世界裡生長的，從不慣受這樣的苦痛，她也不慣經理家務。她開始真不知道怎樣度日，天天牽著鑫，抱著瑀，流淚的過活。到現在，總算，──她想到這裡，插進一句「祖宗保佑。」──兩個兒子都給她養大了，債務呢，也還去了不少。雖則，她不知吃了多少苦楚，在驚慌與憂慮之中，流過了多少眼淚，繼續著十數年。

　　想到這裡，她不知不覺的又流出淚。口裡嚼著淡飯，而肚裡已裝滿了各種濃味似的。

　　這時，瑀將吃好了飯，他不住的對他母親看，他看他母親的臉上，別具著一種深邃的悲傷，他奇怪了，忍止不住的向他母親問，

　　「媽媽，你為什麼不吃飯呢？」

　　鑫也抬頭瞧一瞧她，但仍垂下頭去。一邊聽他的母親說，

「我想到你們的爸爸了！」

瑪也就沒有再說，息下飯碗，好像也悠悠地深思起來。這時這小孩子的臉上，不是活潑，倒變了莊重。鼍早就不想吃，這時也算完了，和伯也吃好。他們都是無聲的祕密似的息下來，於是這位母親說，

「收了罷，我也吃不下了。」一邊將未吃完的飯碗放下。

瑪又說，

「媽媽，你只吃半碗呢！」

「吃不下了，一想到你們的爸爸，就吃不下了。」

清坐著，清還是一動不動地坐著。他眼看看母子們臉上這種表情，現在又聽說這種話，他很有些吃驚。他一邊想，

「怎麼有這樣一個神經質的母親呢？」

一邊就輕輕的說，

「不必想到過去了。」

在清以為兒子初到家的時候，應該有一種愉快的表情。為什麼竟提起過去的悲哀的感覺，來刺激她兒子已受傷的心呢？可是這位神經質的老婦人，也止不住她悲哀的淚流，她竟不顧到什麼的說，

「我總要想。唉，怎的能使我不想呢？」

又停了一息。瑪，清，和伯，他們的眼睛都瞧著她的臉上，——只有鼍是低頭的。聽著這位母親說，

「他們的爸爸死了足足十多年了。在這十多年中，我養他兩

183

個，真不知受了多少的苦。眼前呢，我以為這兩隻野獸總可以算是度過關口，不要我再記念了。誰知不然，我還不能放心。你看他在外邊跑了三年，今天回來，竟樣樣變樣了，臉孔瘦的變樣了，說話也講的變樣了。以前他是怎樣的一個人，現在竟完全兩樣！唉，這才叫我怎樣放心呢，因此，我想起他們的爸爸有福。」

清覺得不能不插一句嘴，他說，

「何必想，事情統過去了。」

老母親竟沒有聽進，接著道，

「蟲從小就多病，而且都是厲害的病，生起來總是幾月。有一回，夏天，他們的爸爸死了不久。蟲那時還和瑪現在一般大，卻突然犯了急症，死了！我那時簡直不知怎樣，唉，我自己也昏去！一面，我叫遍了醫生，醫生個個說，無法可救了，死了，拋了算了。但我哪裡忍的就葬呢？我哭，我抱著他的屍哭。心想，他們的爸爸已經死了，假如這樣大的兒子又死去，那我還做什麼人？抱在手裡的小東西，就算得是人麼？而且債務又紛積，債主每天總有一兩個踏進門來。因此，我想假如蟲真的要葬了，那我也同他一塊地方葬罷！一邊呢，我用手拍著他的心頭，在喉邊咬著他的氣管。實在他全身冷了，甚至手臂和臉也青了，看樣子，實在可以葬了。我呆，我還是不肯就葬，除非我同他一塊地方葬去。這樣，忽然他會動了一動，喉嚨也格的響了一響，我立刻摸他的心頭，心頭也極微的跳起

184

來。我立刻叫人去請醫生來，醫生說，不妨，可以救了。但當他死去的時候，清呀，我真不知怎樣，好像天已壓到頭頂。我簡直昏了！這小東西，我任著他哭，將他拋在床上，也不給他奶吃，任著他哭。難為他，他倒哭了一天。以後，蠶的病漸漸好起，在床上睡了兩個月，仍舊會到學校裡去讀書。這一次，我的心也嚇壞了，錢竟不知用掉多少。」

她一邊說，有時提起衣襟來揩她的眼淚，過去的悲劇完全復現了。而和伯更推波助瀾的接著說，

「是呀，做母親的人真太辛苦！那時我是親眼看見的，蠶健了以後，蠶的母親竟瘦了。」

瑪也聽的呆了，蠶反微微的笑。這位母親又說，

「這次以後，幸得都是好的時候多。五六年前的冬天，雖患過一次腹痛，但也只病了半月就好了。一直到現在，我以為蠶總可以拋掉一片心，在外邊三年，我也任他怎樣。誰知他竟將身子弄到這樣。不是瑪寫一封信，他還是不回家。還是沒有主意，還是和小孩時一樣。唉，叫我怎樣放心呢！」

她悲涼的息了一息，蠶苦笑的開口說，

「我若十年前的夏天，真的就死去了，斷不至今天還為我擔心，還為我憂念。我想那時真的還是不活轉來的好。何況我自己一生的煩惱，從那時起也就一筆勾消。」

「你說什麼話？」他母親急的沒等他說完就說了，「你還沒有聽到麼？那時你若真死了，我恐怕也活不成！」

「就是母親那時與我一同死了，葬了，我想還是好的。至少，母親的什麼擔心，什麼勞苦，也早就沒有了，也早就消滅了。」

蠱慢慢的苦楚的說。母親大叫，

「兒呀，你真變的兩樣了，你為什麼竟這樣瘋呢？」

「媽媽，我不瘋，我還是聰明的。我總想，像我這樣的活著有什麼意思？就是像媽媽這樣的活著，亦有什麼意思？媽媽那時的未死，就是媽媽的勞苦，擔心，那時還沒有完結；我那時沒有死，就是我的孽障，苦悶煩惱罪惡等，那時還沒有開始。媽媽，此外還有什麼意義呢？」

蠱苦笑的說完。他母親又揩淚的說，

「兒呀，你錯了！那時假如真的你也死了，我也死了，那你的弟弟呢？瑀恐怕也活不成了！瑀，你一定也活不成了！」一邊向瑀，又回轉頭，「豈不是我們一家都滅絕了？蠱呀，你為什麼說這些話，你有些瘋了！」

清實在聽的忍耐不住，他急的氣也喘不出來，這時他著重地說，

「不必說了，說這些話做什麼呢？」

蠱立刻向他警告地說，

「你聽，這是我們一家的談話，讓我們說罷。」

很快的停一忽，又說，

「媽媽以為那時我和媽媽統死了，弟弟就不能活，那倒未

必。弟弟的能活與不能活，還在弟弟的自身，未見得就沒有人會收去養弟弟。何況我在什麼時候死，我自己還是不曉得的。明天，後天，媽媽又哪裡知道呢？死神是時時刻刻都站在身邊的，只要它一伸出手來，我們就會被它拉去。媽媽會知道十年以前未死，十年以後就一定不死了？再說一句，我那時真的死了，媽媽也未見得一定死。媽媽對於我和瑀是一樣的，媽媽愛我，要跟我一塊死；那媽媽也愛弟弟，又要同弟弟一塊活的。媽媽跟我死去是沒有理由，媽媽同弟弟活下，實在是有意義的。媽媽會拋掉有意義的事，做沒有理由的事麼？我想媽媽還是活的。」

他一邊口裡這麼說，一邊心裡另外這樣想：「我現在死了，一切當與我沒有關係。我是有了死的方法，只等待死的時候！」

他的母親又說，

「活呢，我總是活的，現在也還是活著。否則，你們的爸爸死的時候，我也就死了。你們的爸爸死了的時候，我真是怎樣的過日呵？實在，我捨不得你們兩個，我還是吞聲忍氣的活著。」

於是蠱想，「是呀。」一面又說，

「媽媽是不該死的，我希望媽媽活一百歲。我自己呢，我真覺得倒是死了，可以還了一筆債似的。所以我勸媽媽，假如我萬一死了，媽媽不要為我悲傷。」

「兒呀，你真有些瘋了！」母親又流淚的說道，「你為什麼竟變做這樣呢？你今天是初到家，你為什麼竟變做這樣呢？」

泣了一息，繼續說，

「我今年是六十歲了！我只有你們兩個。瑀還少，瑀還一步不能離開我，也沒有定婚。我想這次叫你回來，先將你的身體養好，再將你的婚事辦成，我是可以拋掉對付你的一片心！誰知你樣樣和以前不同了！在外邊究竟有誰欺侮你？你究竟病到怎樣？蘊呀，你為什麼竟變做這樣了呢？」

「媽媽，我沒有什麼；一點也沒有什麼。」

「那末你為什麼慣講這些話呢？」

「我想講就講了。」

「你為什麼想講呢？」

「我以為自己的病，恐怕要負媽媽的恩愛！」

「兒呀，你究竟什麼病？我倒忘了問你，我見你一到，也自己失了主意了！我倒忘了問你，你究竟什麼病呢？王家叔說你心不舒服，你心又為什麼這樣不舒服呢？你總還有別的病的，你告訴我！」

「沒有病，媽媽，實在沒有病。」

「唉，對你的媽媽又為什麼不肯說呢？」

一邊轉過頭向清，

「清，好孩子，你告訴我罷！你一定知道他的，他患什麼病？」

清也呆了，一時也答不出話來。她又說，

「好孩子，你也為我們弄昏了！你告訴我，矗究竟是什麼病？」

「他……」

清一時還答不出來，而矗立刻向他使一眼色說，

「什麼病？一些沒有什麼！」

一邊又轉臉笑起來，說，

「就是心不舒服，現在心也舒服了；見著媽媽，心還會不舒服麼？」

「你真沒有別的病麼？你的心真也舒服了麼！」

「我好了，什麼也舒服了！」

「是呀，我希望你不要亂想，你要體帖我的意思。你在家好好的吃幾帖藥，修養幾月的身體。身體健了，再預備婚姻的事，因為謝家是時常來催促的。那邊的姑娘，也說憂鬱的很，不知什麼緣故。你們倒真成了一對！」

問題好似要轉換了，也好似告了一個段落。清是呆呆的坐著，夢一般，說不出一句話。不過有時彷彿重複的想，「怎麼有這樣一對神經質的母子？」但話是一句也沒有說。燈光是黯淡的，弟弟的眼睛，卻一回紅，一回白，一回看看他的哥哥，一回又看看他的母親。老長工，他口裡有時呢呢唔唔的，但也沒有說成功一句好話。悲哀凝結著，夜意也濃聚的不能宣洩一般。

這時，卻從門外走進一個人，手裡提著一盞燈。

第五　否認與反動

「王家叔！」

瑀一見那人進門就叫。這人就是滬上到過矗的寓裡訪謁的那人。那人一跳進門，也就開始說，

「矗來了？好……」

一邊將燈掛在壁上。又說，

「還在吃夜飯？我是早已吃了。」

他們的母親說，

「夜飯早已吃，天還亮就吃起。我們是一面吃，一面說話，所以一直到此刻。大家也吃好了。」

又命令瑀說，

「瑀呀，你和和伯將飯碗統收去。」

瑀立起說，

「媽媽，你只吃半碗呢！」

「不吃了，飯也冷了，你收了罷。」

於是瑀和和伯就動手收拾飯碗。來客坐下，和清對面，說道，

「你們母子的話，當然是說不完；何況還兩三年沒有見面了！不過那也慢慢好說的，何必趁在今天吃晚飯的時候呢？」

矗卻餘恨未完的說，

「我是沒有說什麼話。」

「哪裡會沒有什麼話？你這兩三年在外邊，吃了許多的辛苦，連身子都這樣瘦，你當然有一番苦況可述。你的媽媽在家裡，也時刻記念你。她連燒飯縫針的時候，都見你的影子在身邊。母親的愛，真是和路一般長。哪裡會沒有話說？」

蠱沒有答。他的母親說，

「我們倒是不說好，一說，就說到悲傷的話上來。他的性格，和三年前變的兩樣了！」

這時和伯將桌上收拾好，她又吩咐和伯去燒茶，說，

「清也還沒有喝過茶，我們全為這些話弄的昏了！」

來客說，

「怎樣會這樣呢？今夜你們的談話，當然是帶著笑聲喊出來的。蠱的臉色也比我在上海見的時候好，現在是有些紅色，滋潤。」

對面的清辯護地說，

「此刻是燈光之下的看法呢！蠱哥現在似乎漲上了一點虛火。」

來客突然跳起似的，轉了方向說，

「李子清先生，你也回家了麼？」

「是，我是送蠱哥來的。」

「也是今天到的？」

「是。」

「你倆人真好，」來客又慨嘆的，「可以說是生死之交了！像你們兩人這樣要好，真是難得。我每回見到鼉，一邊總也見到你。你們可算管仲與鮑叔。」

清似乎不要聽，來客又問，

「你的令尊等都好？」

「托福。」

清自己覺得這是勉強說的。來客又說，

「我長久沒有見到令尊和令兄了，我也長久沒有踏到貴府的門口過。不是因府上的狗凶，實在不知道為什麼竟很忙。請你回去的時候，代為我叱名問安。」

清還沒有說出「好的」。鼉的母親插進了一句，

「生意人總是忙的。」

於是來客又喜形於色的說，

「生意倒也不忙。因我喜歡做媒，所以忙。今天我又做成功了一場好事，──就是前村楊家的那位二十九歲的老姑娘，已經說好嫁給她的鄰舍方秀才做二房太太。方秀才今年五十五歲了，還沒有兒子。這件喜事一成，保管各方美滿。而且他們兩人，實在也早已覬覦。」

這時清嘲笑似的接著問，

「你看婚姻，和買賣差不多麼？」

這位媒人答，

「差不多呀！不過販賣貨物是為金錢，做媒卻為功德。」

「功德？是呀，」清奇怪地叫了，「沒有媒人，我們青年和一班小姐姑娘們，豈不是都要孤獨到老麼？這很危險，謝謝媒人！」

清似要笑出來。來客又自得地說，

「對咯！李子清先生，你真是一位聰明人。」

停一忽，又說，

「不過媒是不會沒有人做的，也因做媒有趣。你看，譬如那位姑娘給那位青年可配，相貌都還好，門戶又相當，於是跑去說合。到男的那面說，又到女的那面說。假如兩邊的父母允許了，那件婚事就算成就。於是他們就擇日，送禮，結婚。青年與姑娘，多半平素都不曾見過面，但一到結婚以後，都能生出子女來，竟非常的要好，雖結成一世的怨家也有，那很少的，也是前世注定。」

清不覺又議論道，

「你們做媒的買賣真便宜！做好的，卻自己居功；做壞的，又推到前世注定；而自己也還似一樣的有做壞的功。做媒的買賣真便宜呢！」

停一息。又說，

「總之，你們媒人的心裡我是知道的，你們要看看青年男女的結合，要看看青年男女的歡愛，你們是首當其衝了。恐怕你們還想，假使沒有媒人，或者媒人罷起工來，豈不是青年男女，無論愛與仇敵，都不成功了麼？人種也就有滅絕的禍！」

　　來客動著唇很想說，這時和伯從裡邊捧出茶來。於是他們一時又為喝茶的事所占據。

　　蟲的母親竟靠著頭默默不說，好像飯前一番的悲感所繞的疲倦了。瑪聽的不十分懂，不過還是坐著，看看他們。蟲卻對這位來客陣陣地起了惡感，現在似到了不能容受的蓄積。清的嘲笑，永遠不能使這位來客明了。清的話要算尖酸了，刻毒了，來客稍稍智機一點，他可不將蟲的婚事，在這晚餐席後，各人的沉痛還鬱結著的時候提出來。可是這位笨驢一般的來客，竟一些不知道譏諷，只要成就他媒人的冤緣的職務似的，當他一邊捧起茶來喝了一碗以後，一邊就向蟲的母親宣布了：「蟲的婚事，我今天又到謝家去過一趟。恰好又碰著姑娘，不久就要變做你的賢慧的媳婦的人。她坐在窗前，她真是美麗，她一見我就溜進去了。我就向她的父母談起，我不知道蟲今天就回家，我還是向他們說，我到上海，去看過朱先生，朱先生形容很憔悴，說是心不舒服。現在瑪已信去，不久就能回家。蟲的岳父母都很擔憂，又再三問我是什麼病，他們也說別人告訴他們，蟲是瘦的異樣。我又哪裡說的出病來？我說，讀書過分，身體單弱，病的不過是傷風咳嗽。——傷風咳嗽是實在的，蟲豈不是此刻還要咳嗽麼？不是我撒謊。不過蟲的岳父母，總代蟲很擔憂。他們說，正是青年，身體就這樣壞，以後怎麼好呢？我說，未結婚以前身體壞，結了婚以後，身體會好起來的。因為你家的姑娘，可以勸他不要操心，讀書不要過

度。這樣我們就商量結婚的時期。謝家是說愈早愈好，今年冬季都可以。他們是什麼都預備好了，衣服，妝奩。只要你們送去聘禮，就可將姑娘迎過來。他們也說，女兒近來有些憂愁，常是飯不吃，天氣冷，衣服也不穿，呆頭呆腦的坐在房內。為什麼呢？這都是年齡大了，還沒有結婚的緣故。總之，那邊是再三囑咐，請你們早些揀日子。現在蠶是回來了，你們母子可以商量，你們打算怎樣辦呢？這是一件要緊的好事，我想蠶的媽也要打個主意。」

他滔滔的講下來，屋內的聲音，完全被他一個人占領去。他說完了又提起別人的茶杯來喝茶。

蠶的母親，一時很悲感的說不出話。而來客竟點火似的說，

「姑娘實在難得，和蠶真正相配。」

於是蠶叫起來，

「不配！請你不必再說！」

來客突然呆著，一時不知所措。其餘的人也誰都驚愕一下。以後來客慢慢的問，

「不配？」

「自然！」

「怎麼不配呢？」

「是我和她不配，不是她和我不配。」

「怎麼說法？嫌她沒有到外邊讀過書麼？」

「你的姑娘太難得了，我不配她。」

「你不配她？」

「是！」

於是這位母親忍不住地說，

「還有什麼配不配，兒呀，這都是你爸爸做的事。現在你為什麼慣說些奇怪的話？我現在正要同你商量，究竟什麼時候結婚，使王家叔可以到那邊去回覆。」

「我全不知道。」

「你為什麼竟變成這樣呢？」

「沒有什麼。」

「那末還說什麼配不配呢？」

「我墮落了！有負你母親的心！」

他氣喘悲急的，而不自知的來客又插嘴說，

「你只要依你的媽就夠了。」

「不要你說，我不願再聽你這無意識的話！」

「呀？」

「兒呀，你怎麼竟這樣呢？王家叔對你是很好意的，他時常記念著你的事，也幫我們打算，你為什麼這樣呢？」

「媽媽，我沒有什麼，你可安心。因為這些媒人，好像殺人的機器似的，他搬弄青年的運命，斷送青年的一生，不知殺害了多少個男女青年。因此，我一見他，我就恨他。」

「你說什麼話呢？兒呀，媒人是從古就有的，不是他一個人

做起的，沒有媒人，有誰的女兒送到你家裡來？你是愈讀書愈發昏了！兒呀，你說什麼話呢？況且你的爸爸也喜歡的，作主的，你為什麼會怪起王家叔來呢？」

「你有這樣的妻子還不夠好麼？」來客又插嘴說。

「我說過太好了，配不上她，所以恨你！」

「怎麼說，我簡直不懂。」

「你哪裡會懂，你閉著嘴好了。」

「好，我媒不做就算了。」

來客勉強地說輕起來。

「還不能夠！」

「那未依你怎樣呢？」

「自然有對付你的方法！」

「呀？」

來客又睜大眼睛。而他母親掩泣說，

「兒呀，少講一句罷！你今夜為什麼這樣無禮！」

來客於是又和緩似的說，

「瑀的媽，你不要難受，我並不惱他。我知道他的意思了，不錯的。現在一班在外邊讀過書的人，所謂新潮流，父母給他娶來的妻，他是不要的，媒人是可恨的。他們講自由戀愛的，今天男的要同這個女的好，就去同這個女的一道；明天這個女的要同別個男的好，就同別個男的去一道。叫做自由戀愛，喜歡不喜歡，都跟各人自由的。你的亂，大概也入了這一派！」

停一忽，又說，

「所以我到上海的時候，他睡著不睬我；今天，又這樣罵我。我是不生氣的，因為他入了自由戀愛這一派，根本不要父母給他娶的妻。所以他倒講不配她，其實，他是不要謝家的姑娘了。一定的，我明白了；妳做母親的人，可問一問他的意思。」

來客用狡滑的語氣，勉強夾笑的說完，好像什麼隱祕，都被他猜透似的。他對著這老婦人說話，一邊常偷著圓小的眼向黸瞧。黸是仰著頭看著屋棟，母親忠實地說，

「我也說不來什麼話，不過兒呀，這件事是你父親做的，你不能夠忘記了你的父親。我老了，瑂還少，家裡景況又不好。假如你的婚事不解決，我是不能做你弟弟的。你年紀不小，當然曉得些事理。你應該想想我，也應該想想你的弟弟和家裡。你為什麼一味的固執，慣說些奇怪的話？你的父親是有福了，他現在平安地睡著；而我呢，如你說的，受罪未滿。但你也應該想想我。王家叔對你有什麼壞？你為什麼對他這樣無禮？唉，你有些瘋了！你現在完全是兩樣了！」一面又含淚的向來客抱歉，「王家叔，你不要生氣，他完全有病的樣子，他現在連我也怪怨的！你萬不可生氣，我當向你陪罪。」這樣，來客是答，「我不，我不。」反而得意。她接著說，「現在呢，我想先請醫生來給他吃藥，把他的病除了。像這樣的瘋癲，有什麼用呢？至於婚事，以後慢慢再商量。我是不放心他再到外邊去跑，以後

我們再告訴你。」

這時，蟲是聽的十分不耐煩，但也不願再加入戰團，他將他自己的憤恨壓制了。一邊，他立起來，睜著眼球向清說，——清竟似將他自己忘記了一樣。

「清，這麼呆坐著做什麼？你可以回去了。什麼事情總有它的最後會得解決的！」

於是清也恍惚地說道，

「回去，我回去。不過在未回去以前，還想同你說幾句話。」

蟲一邊又向瑀說，

「瑀，你這個小孩子也為我們弄昏了！——拿一盞燈給我。」

這樣，清和他們兄弟兩人，就很快的走進了那間剛從稻稈堆裡救回來的書室裡去。

這時，這位倒楣的來客，受了一肚皮的氣，也知道應該走了。立起來向他的母親說，

「時候不早，我也要走了。」

她接著說，

「請再坐一下。——你千萬不要生氣，蟲的話全是胡說，你不要相信他。他現在什麼話都是亂說，對我也亂說。這個人我很擔憂，不知道怎樣好，他全有些病的樣子。請你不要生氣。」

於是來客說，

「我不生氣。現在一班青年，大都是這樣的，他們說話是一點不顧到什麼的，不過你的蠢更厲害罷了。我不生氣，我要走了。」

接著，就向壁上拿燈；點著頭，含著惡意的走出去。

第六　重遷

　　在鄉村的秋夜環抱中，涼氣和蟲聲時送進他們的書室內。空氣是幽謐而柔軟的，照著燈光，房內現出淒涼的淺紅的灰色。蠡臥在床上，他呼吸著這帶著稻草香的餘氣，似換了一個新的境界，這境界是疲勞而若有若無的。瑀坐在他哥哥的床邊，這小孩子是正經的像煞有介事的坐著。清坐在靠窗的桌邊，心裡覺到平和了，同時又不平和似的；他已將他要對蠡說的話忘記去。他們三人，這時都被一種溫柔而相愛的鎖鏈聯結著，恍惚，似在秋天夜色裡面飄蕩。

　　「我覺得在家裡是住不下去，」這時蠡說，「媽媽的態度，我實在忍受不住。媽媽以我回來，她老年的神經起了震動，她太關切我了！她自己是過度的勞苦，對我是過度的用力，我實在忍受不住。她太愛我，刺激我痛苦；同時她太愛我，我又感不到恩惠似的。這是第一個原因，使我不能在家裡住下去。」

　　說了一段，停止一息，又說，

　　「我對於家庭的環境似乎不滿，不是說房屋齷齪，是我覺得各種太複雜，空氣要窒死人似的；我要避開各個來客的面目，這是第二個原因。」

　　又停一息，又說，

　　「第三個原因，清，這對於弟弟是很要緊的。我病的是

201

T.B. 我雖血已止，可是還咳嗽。我自己知道我的 T.B. 已到了第二期，恐怕對於瑀弟有些不利。瑀已要求我給他上夜課，但我身體與精神，兩樣都有極深的病的人，能夠允許他的要求麼？恐怕夜課沒有上成，我的種種損害的病菌，已傳給他了。因此，我仍舊想離開這家，搬到什麼寺，庵，或祠堂裡去住。我很想修養一下，很想將自己來分析一下，判別一下，認清一下。所謂人生之路，我也想努力去跑一條；雖則社會之正道，已不能讓破衣兒去橫行。因此，祠堂或寺廟是我需要的。」

語氣低弱含悲。清說，

「住在家裡，對於你的身體本來沒有意思。不過一面有母親在旁邊，一面煎湯藥方便些，所以不能不在家裡。」

「不，我想離開它。」

「住幾天再說罷。」

「明天就去找地方。」

「四近也沒有好的寺院。」

「不要好，—— 你看廣華寺怎樣？」

「廣華寺是連大殿都倒坍了。」

瑀插進說。瓥又問，

「裡面有妙相庵，怎樣？」

瑀答，

「妙相庵住著一位尼姑。」

「隨他尼姑和尚，只要清靜好住就好了。」

「媽媽會充許麼？」

「媽媽只得充許的。」

停一息，蠹又問，

「明天去走一趟怎樣？」

「好的，」清答。

弟弟的心似乎不願意。以後就繼續些空話了。

九點鐘的時候，蠹的母親因為蠹少吃晚飯，又弄了一次蛋的點心。在這餐點心裡面，他們卻得到些小小的意外的快樂。清也是加入的。清吃好，就回家去。他們也就預備睡覺。

蠹是很想睡，但睡不著。他大半所想的，仍是自己怎樣，家庭怎樣，前途怎樣，一類永遠不能解決的陳腐的思想。不過他似想自己再掙扎一下，如有掙扎的機會。最後在睡熟之前，他模糊地這樣念：

時代已當作我是已出售的貨物。

死神也用它慣會諂媚的臉向我微笑。

我是在怎樣苦痛而又不苦痛中逃避呀，

美麗對我處處都似古墓的顏色。

母親，弟弟，環著用愛光看我的人，

他們的灰黯，比起灰黯還要灰黯了！

何處何處是光，又何處何處是火？

燦爛和青春同樣地告一段落了。

弟弟與母親呀，你們牽我到哪裡去？

我又牽你們到哪裡去呵？
白晝會不會歡欣地再來，
夢又會不會歡欣地跑進白晝裡去？
誰猜得破這個大謎呀？我，
等待那安息之空空地落到身上，
睡神駕著輕車載我前去的時候了。

一邊，睡神果駕著輕便的快車，載他前去了。

第二天早晨，他起來很早。但他開了房門，只見他母親和長工已經在做事。他母親一見他便說，

「為什麼不多睡一息？你這樣早起來做什麼呢？」

「夠睡了，我想到田野去走一回，呼吸呼吸新鮮空氣。」

「有冷氣，你身體又壞，容易受寒，不要出去罷。」

他沒有方法，只得聽了他母親的話。一邊洗過臉，仍坐在房內。

他覺得母親壓迫他，叫他不要到田野去散步是沒有理由。他無聊，坐著還是沒有事做。桌上亂放著他外邊帶回來的書籍，他稍稍的整理了幾本，又拋開了；隨手又拿了一本，翻了幾頁，覺得毫無興味，又拋開了。他於是仍假寐在床上。

一時以後，瑪也起來了。他起來的第一個念頭是，

「今天校裡沒有課，我打算同哥哥去釣魚。」

他一邊還揉著眼，一邊就跑到他哥哥的房裡。

「你起來了？」亂問。

「似乎早已醒了，但夢裡很熱鬧，所以到此刻才起來。」

「夢什麼？」

「許許多多人，好像……」「好像什麼？」

蠱無意義的問。瑀微笑的答，

「哥哥……」

「我什麼？」

「同嫂嫂結婚。」

蠱似乎吃一驚，心想，

「弟弟的不祥的夢。」

一邊又轉念，

「我豈信迷信麼？」

於是一邊又命令他弟弟，

「你去洗臉罷。」

瑀出去了。一息，又回來。

「今天是星期幾？」蠱問。

「星期五。」

「你讀書去麼？」

「想不去。」

「為什麼？」

「同學未到齊，先生也隨隨便便的。」

「那末你打算做什麼事？」

可是弟弟一時答不出來，躊躕了一息，說，

「釣魚。」

一息，又轉問，

「哥哥去麼？」

「我不去。」

「哥哥做什麼呢？」

「也不做什麼。」

「呵，廣華寺不去了麼？」

「是呀，去的。」

「上午呢，下午？」

「我想上午就去，你的清哥就會來的。」

「那末下午呢？」

「陪你釣魚去好麼？」

「好的，好的。」

弟弟幾乎跳起來，又說，

「我們早些吃早飯，吃了就到廣華寺去。」

「是的。」

這樣，瑀又出去了。他去催他的母親，要吃早飯了。

當他們吃過早餐，向門外走出去的時候，他們的母親說，

「在家裡休息罷，不要出去了。假如有親戚來呢，也同他們談談。」

蠱說，

「到廣華寺去走一回，就回來的。親戚來，我橫是沒有什麼

話。」

　　一邊，他們就走出門了。母親在後面叫，

　　「慢慢走，一息就回來。瑀呀，不要帶你的哥哥到很遠去！」

　　「口汗！」瑀在門外應著。

　　到那樟樹下，果見清又來。於是三人就依田岸向離他們的村莊約三里的廣華寺走去。

　　秋色頗佳。陽光金黃的照著原野，原野反映著綠色。微風吹來，帶著一種稻的香味。這時清微笑說，

　　「家鄉的清風，也特別可愛。在都市，是永遠呼吸不到這一種清風的。」

　　蠱看了他一眼，沒有說話。

　　廣華寺是在村北山麓。在他們的眼裡，這寺實在和頹唐的老哲學家差不多。大門已沒有，大雄寶殿也倒坍了，「大雄寶殿」四字的匾額，正被人們當作椅子坐了。一片都是沒膝的青草，門前的兩株松樹與兩株柏樹，已老舊凋零，讓給鴉雀為巢，黃昏時梟鳥高唱之所。菩薩雖然還是笑的像笑，哭的像哭，但他們身上，都被風雨剝落與蹂躪的不堪。三尊莊嚴慈靜的立像，釋迦牟尼與文殊普賢，他們金色的佛衣，變做襤褸的灰布。兩廂的破碎的屋瓦上，也長滿各樣的亂草。這寺是久已沒人來敬獻與禮拜了，只兩三根殘香，有時還在佛腳的旁邊歪斜著，似繞著它荒涼的餘煙。

　　在寺的左邊，還有五間的小廂房，修理的也還算幽雅整齊。在中央的一間的上方，掛著一方小匾，這就是「妙相庵」了。當他們三人走到這庵的時候，裡面走出一位婦人來。這是一位中年的婦人，臉黃瘦，但態度慈和，親藹，且有知識的樣子。她見他們，就招呼道，

　　「三位來客，請進坐罷，這是一座荒涼的所在。」

　　「好，好，」清答，接著走進去，就問，

　　「師父是住在這裡的麼？」

　　「是的，」她殷誠地答，「現在只有我一人住在這裡了。兩位先生是從前村來的麼？這位小弟弟似乎有些認識。」

　　「是的，」清答，「他們兩人是兄弟。」

　　「那請坐罷。」

　　於是婦人就進內去了。他們也就在這五間屋內盤桓起來。

　　這五間屋是南向的。中央的一間是佛堂，供奉著一座白瓷的長一尺又半的觀世音，在玻璃的佛櫥之內。佛像的前面，放著一隻花瓶，上插著幾個荷蓬。香爐上有香菸，盤碟上也有清供的果子。在一壁，掛著一張不知誰畫的佛像，這佛像是質樸，尊嚴，古勁的。在一壁，是掛著一張木版印的六道輪迴圖。中央有一張香案，案上放著木魚，磬，並幾卷經。

　　兩邊的兩間是臥室，但再過去的兩間，就沒人住。五間的前面是天井，天井裡有繚亂的花枝和淺草，這時秋海棠，月季都開著。五間的後面是園地，菜與瓜滿園地栽著。總之，這

座妙相庵的全部是荒涼，幽靜，偏僻，純粹的地方。他們走著，他們覺到有一種甘露的滋味，回覆了古代的質樸的心。雖則樹木是禿唐的，花草是沒有修剪的，但全部仍沒有凌亂，仍有一種綠色的和諧，仍有一種半興感的美的姿勢。這時蟲心裡想道，

「決計再向這裡來，我總算可以說找到一所適合於我的所在了。無論是活人的墳墓，或是可死之一片土，但我決計重遷了。」

一邊他向清說，

「你以為這庵怎樣呢？你不以為這是死人住的地方麼？我因為身體的緣故，請求你們原諒一點，我要到這裡來做一個隱士。」

說完，又勉強笑了一笑。清說，

「我是同意的，最少，你可以修養一下。不過太荒涼了，太陰僻了，買東西不方便。」

「問題不是這個。」蟲說，「我問，這位帶髮的師父，會不會允許呀？她豈不是說，只有她一人住在這裡？」

「這恐怕可以的。」

於是瑀在旁說，

「媽媽怎樣呵？」

「你以為媽媽怎樣？」蟲問。

「離家這麼遠，媽媽會允許麼？」

「媽媽只得允許的。」

於是瑪又沒精打采的說，

「我在星期日到這裡來走走，媽媽跟在後面說，不要獨自去，寺裡是有鬥大的蛇的！」

「但是我的年齡比你大。媽媽會允許我到離家千里以外的地方去呢！」

忠摯的弟弟又說，

「那末哥哥，我同你來住。橫是從這裡到學校，還不過是兩里路。」

轉一息又說，

「那末媽媽又獨自了！」

「是呀，你還是陪著媽媽。」

他們一邊說，一邊又回到中央的一間裡來。

這時這位婦人，從裡面捧出三杯茶，請他們喝。

蝨就問，

「我想借這裡一間房子，師父會可以麼？」

她慢慢答，

「這裡是荒涼的所在，房屋也簡陋，先生來做什麼呢？」

「不，我正喜歡荒涼的所在。我因為自己的精神不好，身體又有病，我想離開人們，到這裡來修養一下，不，── 就算是修養一下罷！無論如何，望你允許我。」

「允許有什麼，做人橫是為方便。不過太荒涼了，對於你們青年恐怕是沒有好處的。」

210

「可是比沙漠總不荒涼的多了！沙漠我還想去呢！」

這樣，婦人說，

「青年們會到這裡來住，你有稀奇的性子。可是飲食呢？」

「媽媽不送來，我就動手自燒。」

婦人微笑地沉默一息，又問他姓名，蠱告訴姓朱。她說，

「那末朱先生；假如你要試試，也可以的。」

蠱接著說，

「請你給我試試罷。」

婦人就問，

「你喜歡哪一間房？」

「就是那最東的一間罷。」

婦人說，「那間不好，長久沒有人住，地恐怕有溼氣。要住，還是這一間罷。」指著佛堂的西一間說，「這間有地板，不過我堆著一些東西就是。」

「不，還是那間，那間有三面的窗，好的。」

婦人就允許了。蠱最後說，

「決計下半天就將被鋪拿來，我想很快的開始我新的活動。」

這樣，他們就沒有再多說話。他們又離開佛堂。這時蠱想，

「釣魚的事情，下半天不成功了。」

一邊，他們又走了一程路。

第七　佛力感化的一夜

　　果然，他們的母親是沒有權力阻止他，使他不叫和伯在當天下午就將鋪蓋搬到妙相庵裡去。她也料定她的兒子，不能在這庵裡住的長久。所以她含淚的想，

　　「讓他去住幾天，他的偏執，使他處處不能安心，他好像沒處可以著落。讓他去住幾天。他一定會回來的。」

　　不過困難的問題是吃藥。飯呢，決定每餐叫和伯或瑀送去給他吃。

　　在這庵裡是簡單的。蠱已將他的床鋪好了；房不大，但房內只有一床，一桌，一椅，此外空空無所有，就是桌上也平面的沒有放著東西，所以也覺得還空闊。房內光線還亮，但一種久無人住的灰色的陰氣，卻是不能避免的繚繞著。瑀好像代他的哥哥覺到寂寞，他好幾次說，「哥哥，太冷靜了。」但小孩的心，還似慶賀他哥哥喬遷了一個新環境似的快樂。清當鋪床的時候是在的，他也說不出蠱這次的搬移是好，是壞；他想，無論好，壞，還在蠱的自身，看他以後的行動怎樣。清坐了半點鐘就走了，因為他家中有事。而且臨走的時候，更向蠱說，蠱假如不需要他，他只能在家住三天，就要回上海去。

　　蠱向東窗立了一回，望著一片綠色的禾稻。又向南窗立了一回，看看天井邊的幾株芭蕉樹。又向北窗立了一回，窗外是

一半菜園，一半種竹，竹枝也彎到他的窗上。稍望去就是山，山上多松，樵夫在松下坐著。

這時，他清楚地想，所謂生活到這樣，似乎窮極而止定了。而他正要趁此機會，將他自己的生命與前途，仔細地思考一下。黑夜的風雨，似乎一陣一陣地過去幾陣；但黎明未到以前，又有誰知道從此會雨消雲散，星光滿天，恐魔的風暴呀，是不會再來了呢？到此，他定要仔細的思考，詳密的估量，白天，他要多在陽光底下坐，多在樹林底下走；晚上，他要多在草地上睡，多在窗前立。一邊，他決絕地自誓說，

「無論怎樣，我這樣的生活要繼續到決定了新的方針以後才得改變！否則，我這個矛盾的動物，還是死在這裡罷！」

這樣到了五時，他又同瑀回家一次，在家裡吃了晚飯。

晚間，在這所四野無人的荒庵內，一位苦悶的青年和一位豁達的婦人，卻談的很有興味：「我呢，不幸的婦人，」她坐在亂的桌邊，溫和而稍悲哀的說，「沒有家，也沒有姊妹親戚。我今年四十歲，我的丈夫已死了十九年，他在我們結婚後兩年就死去。不過那時我還留著一個兒子，唉，可愛的寶貝，假如現在還活，也和朱先生差不多了。我是不愛我的丈夫的，我的丈夫是一個浪蕩子，不務正業，專講嫖賭吃喝四事；一不滿意，還要毆我，所以我的丈夫死了，我雖立刻成了一個寡婦，我也莫名其妙，沒有流過多少眼淚。我呆子一樣的不想到悲傷，也不想到自己前途運命的蹇促。但當兒子死時，── 他是十三歲

213

的一年春天，犯流行喉症，兩天兩夜就死掉。那時我真似割去了自己的心肝一樣！我很想自己吊死。但繩索也拿出來了，掛在床前，要跳上去，一時竟昏暈倒地。鄰家的婆婆扶醒我，救我。這樣，死不成了！我想，我的罪孽是運命注定的，若不趕緊懺悔，修行，來世又是這樣一個。我本來在丈夫死了以後就吃素，因此，到兒子死了以後竟出家了。我住到這庵裡來已七年，在這七年之內，我也受過了多少驚慌與苦楚，而我時刻念著『佛』。實在，朱先生勿笑，西方路上哪裡是我這樣的一個罪孽重重的婦人所能走的上，不過我總在苦苦地修行。」

停了一息，又說，

「這庵本來是我的師父住的，我的師父是有名的和尚，曾在杭州某寺做過方丈；但師父不願做方丈，願到這小庵來苦過。師父還是今年春天死的，他壽八十三歲。我當初到這庵裡來，想侍奉他；誰知他很康健，什麼事他都要自己做。他說，一個人自己的事，要一個人自己做的。他真康健，到這麼老，眼睛還會看字很細的經，牆角有蟲叫，他也聽的很清楚。但他春間有一天，從外邊回來，神色大變，據他自己說是走路不小心，跌了一交；此後三天，他就死了。他是一邊念著佛，一邊死的。不，師父沒有死，師父是到西方極樂國裡去了。師父臨終的時候向我說，──再苦修幾年，到西方極樂國相會。」

這樣又停了一息說，

「從我師父到西方去以後，我還沒有離開過庵外。師父傳給

我三樣寶貝，那幅佛堂上供奉著的羅漢，一部《蓮華經》，一根拐杖。他說，這都是五百年的古物。我呢，拐杖是給他帶到西方去了；留著做什麼用呢？羅漢依舊供奉著，這部《蓮華經》，我卻收藏在一隻楠木的箱子裡。朱先生假使要看，明天我可以拿出來，我也要曬它一曬。」

蠡正襟地坐在床上，用他似洗淨的耳，聽她一句一句的說，話是沁入到他肺腑的。他眼看看這黃瘦的婦人，想像她是理想的化身。在年青，她一定是美麗的，她的慈悲而慧秀的眼，她的清和而婉轉的聲調，她的全臉上所有的溫良端詳而微笑的輪廓，無處不表示出她是一個女性中的多情多感的優秀來。現在，她老了，她從風塵中老去，她從困苦與折挫的逆運中老去；但她卻有高超的毅力，偉大的精神，不畏一切，向她自己所認定的路上艱苦地走。他見她當晚所吃的晚餐，是極粗黑的麥糕，和一碗的黃菜葉燒南瓜；但她把持她的信念，會這樣的堅固，他要叫她「精神的母親」了！他這時十二分的覺得他是空虛，顛倒，一邊他說出一句，

「我真是一個可憐的人！」

於是她又說，

「朱先生又何必這樣悲哀呢？我們誤落在塵網中的人，大概是不自知覺的。昏昏地生，昏昏地活過了幾十年，什麼妻子呀，衣食呀，功名呀，迷魂湯一般的給他喝下去，於是他又昏昏地老去，死去。他不知道為什麼生，也不知道為什麼死；病

了，他詛咒他的病，老了，他怨恨他的老；他又不知道為什麼病，為什麼老。這種人，世界上大概都是。我以前，因為兒子死了，我哭；因為運命太苦，我要自殺，這都是昏昏地無所知覺。我們做人，根本就是罪孽，那兒子死了，是自然地死去。而且我只有生他養他的力量，我是沒有可以使他不死的力量的。朱先生是一個聰明的青年，對於什麼都很知覺，又何必這樣悲哀呢？」

蟲淒涼的答，

「我的知覺是錯誤的，我根本還沒有知覺。」

「那朱先生太客氣了。」

於是蟲又說，

「我覺得做人根本就沒有意義。而且像我這樣的做人，更是沒有意義裡面的拿手！這個社會呢，終究是罪惡的一團。」

她立刻說，

「是呀，所以朱先生還是知覺的。朱先生的知覺並沒有錯誤，不過朱先生沒有解脫的方法就是！」

「也可以說，不過我的運命終將使我不能解脫了！」

蟲悲哀的。她又問，

「那又怎樣說法呢？」

「我的運命太塞促了！我無法可以衝破這鐵壁一般的我四周的圍繞。雖有心掙扎，恐怕終究無效了！」

這位可敬的婦人又說了，

「說到運命的蹇促呢，那我的運命比起你來，不知要相差多少倍。雖則我是婦人，而且像我這樣的婦人，還是什麼都談不到；可是我總還苦苦的在做人！假如朱先生不以我的話為哀怨的話，我是可以再告訴一點，我的運命是怎樣的蹇促的！我的母親生下我就死去了，父親在我三歲的時候又死去了。幸得叔父和嬸嬸養育我，且教我念幾句書；但我十五歲的一年，叔父與嬸嬸又相繼死去！十九歲就做了人家的妻，丈夫又不好，簡直是我的冤家。但丈夫又夭死了，只留得一點小種子，也被天奪去！朱先生，我的運命比起你來怎樣？我的眼淚應當比你流的多！但不然，我是一個硬心腸的人，我是痴子，雖則我也自殺過，終究從無常的手裡逃回來。現在，我還是活著在做人，假如朱先生勿笑我的話，我還要說，我現在的做人，像煞還是有意義的，也是有興味的呢！」

蠡轉了一轉他眸子，低看他自己的身前說，

「可是我總覺沒有方法。」

「我想，」這位智慧的婦人，略略深思了一忽，說，「我想朱先生根本是太執著自己了。朱先生看人看得非常神聖，看眼前又非常著實。對自己呢，也有種種的雄心，希望，幸福的追求。於是一不遂心，一不滿意，就嘆息起來，悲傷起來，同時也就怨恨起來。請朱先生恕我，朱先生即使不是這種人，也定有這種人裡面的一件，或一時有之。這都是為什麼呢？都是太執著自己，根本認定一個我，是無可限量的，也無可非議的。

這實在有些貪，痴；這實在太著迷了。我本是無知識的婦人，從小念幾句詩書，是很有限量的；以後跟師父念了幾部經，也是一知半解。說什麼做人的理論？不過飯後餘暇，我看朱先生老是眉頭打結，談著玩罷了。」一邊她又微笑了一下，「本來這無量世界中，一切都是空的。我們人，我們呼吸著的這個軀體，也是空的，所謂幻相。而且我們這個幻相，在這娑婆世界裡面，根本還為點是造孽。為什麼要做人？就是罪孽未盡，苦痛未滿，所以我們要繼續地受苦！於是佛也來救我們了。佛是救眾生的，佛是自己受苦救著眾生的！所以佛說，『我不入地獄，誰入地獄？』又說，『眾生不成佛，誓不成佛。』所以佛是自己受苦救眾生的。我們人呢，一邊佛來救我們，一邊我們也要去救別的。同是這個娑婆世界裡面的人，有的是醉生夢死，有的是不知不覺，有的是惡貫滿盈，有的是罪孽昭著，這種人，也要去救起他們。此外，六道當中，有修羅道，畜生道，餓鬼道，地獄道，它們都比人的階級來的低。佛也同樣的救起它們。佛的境界是寬闊的，哪裡是我們人所能猜想的到。我們人豈不是以理想國為不得了麼？在佛的眼中，還是要救起他們。六道中的第一道是天道，這天道裡面，真不得了。吃的是珍饈肴饌，住的是雕欄玉砌，穿的是錦繡綾羅，要什麼就有什麼，想什麼就得什麼，他們個個是人間的君王，或者比起人間的君王還要舒服。那朱先生以為怎樣呢？在佛的眼中，還是要救起他們，他們也還是要受輪迴之苦。」接著就變更語氣地說，「這

些道理，我知道有限，不多說。朱先生是學校出身的人，還要笑我是迷信！不過我卻了解，我們做人根本要將自己忘了，我們要刻苦，忍耐，去做些救人的事業。這樣，我們是解脫了，我們也有解脫的方法！近年來，這個世界是怎樣？聽說外邊處處都打仗，匪劫。我想像朱先生這樣的青年，正要挺身出去，去做救世的事業，怎麼好自己時時嘆息怨恨呢？」

這樣的一席話，卻說的蟲呆坐著似一尊菩薩了。

蟲聽著，開始是微微地愁攏眉宇，好像聲是從遠方來。次之到第二段，他就嚴肅起來，屏著他的呼吸了。以後，竟心如止水，似一位已澈悟的和尚，耳聽著她說的上句，心卻早已明白她未說的下句了。他一動不動地坐著，已經沒有絲毫的懷疑和雜念，苦痛也不知到何處去。這時他很明了自己，明了自己的墮落；── 墮落，這是無可諱言的。不是墮落，他還可算是向上昇華麼？不過他卻並不以墮落來悲吊自己，他反有無限的樂願，似乎眼前有了救他的人了！

他聽完了她的話以後，他決定，他要在今夜完全懺悔他的過去，而且也要在今夜從她的手裡，討了一條新生的路。這時，他想像他自己是一個嬰兒，他幾乎要將他過去的全部的罪惡的祕密，都向她告訴出來。但他自己止住，用清楚的選擇，這樣說，全部的語氣是和平的。

「我是墮落的！我的身體似烙遍了犯罪的印章，我只配獨自坐在冷靜的屋角去低頭深思，我已不能在大庭廣眾的前面高

聲談笑了，我是墮落的。不過我的墮落並不是先天的。父母賦
我的身體是純潔，清白，高尚，無疵。我的墮落開始於最近。
因為自身使我不滿，社會又使我不滿，我於是就放縱了，胡亂
了；一邊我也就酗酒，踏了種種刑罰。這樣的結果，我要自殺！
我徘徊河岸上，從夜半到天明；我也昏倒，但還是清醒轉來，
因為我念想到母親，我終究從死神的手裡脫漏出來。可是我並
沒有從此得到新生，我還是想利用我的巧妙的技術，來掩過別
人對於我的死的悲哀！死是有方法的，我還想選擇這種方法。
我恐怕活不久長了！雖則我聽了妳的話，精神的母親，── 我
可以這樣叫妳麼？妳的話是使我怎樣感動，妳真有拯救我的力
量！可是自己的病的無期徒刑，三天前我還吐了幾口血，咳嗽
此刻還忘不了我，我恐怕終要代表某一部分死去了！精神的母
親呀，說到這裡，我差不多要流出眼淚來。我的心是快樂的，
恬靜的，我已有了救我的人。」

於是他精神的母親又鎮靜地說，

「你還是悲哀麼？我呢，曾經死過的人。所以我現在的做
人，就是做我死了以後的人一樣。你呢，你也是死過的人。那
你以後的做人，也要似新生了的做法。我們都譬如有過一回的
死，現在呢，我們已經沒有我們自己了！眼前所活著的，不過
為了某一種關係，做一個空虛的另外的代表的自己好了！我們
作過去的一切罪孽，和自己那次的死同時死去，我們不再記念
它。我們看未來的一切希望，和自己這次的生同時生了。我們

要尊重它，引起淡泊的興味來。假如朱先生以今夜為再生的一夜，那應以此刻為再生的一刻；過了此刻，就不得再有一分悲念！朱先生能這樣做去麼？」

「能，」蟲笑答，「我今夜是歸依於妳了。不過還沒有具體的方法。」

「什麼呢？我不是勸朱先生去做和尚，從此出家念佛。朱先生要認定眼前。第一要修養身體，再去扶助你的弟弟，同人間的一切人。」

房內一時靜寂。蟲又自念，

「過去就是死亡，成就了的事似飛過頭的雲。此從呢，就從攤在眼前的真實，真實做去。」

「是呀，如此再生了！」她歡呼起來。一息，說，

「朱先生身體不好，應該早睡。我呢，也破例的談到此刻了。」

這樣，睡眠就隔開了他們。

第八　再生著的死後

　　第二天晨六時，他醒來，當他的兩眼睜開一看，只見東方的陽光，從東向的窗中射進來，滿照在他的被上。青灰色的被，變做鍍上了赤金似的閃爍。這時，他不覺漏口地說了一句，

　　「世界與我再生了！」

　　他的腦子也似異常冷靜，清晰；似乎極細微的細胞，他都能將它們的個數算出來；極紊亂的絲，他都能將它整理出有條理來一樣。他的身體雖還無力，可是四肢伸展在席上，有一種麤麤的滋味。這時，他睡在床上想念，

　　　我的厭倦的狂亂的熱病，
　　　會從此冰一般地消解了！
　　　甦醒如夜鶯的婉囀的清晰，
　　　世界也重新的遼闊地展開了。
　　　我願跌在空虛的無我的懷中，
　　　做了一個我的手算是別人的工具。
　　　在我的唇舌上永嘗著淡泊與清冷，
　　　我將認明白自己的幸運的顏色了。
　　　無邊的法力之厚恩；感謝呵，
　　　我永忘不了這荒涼的寺內的一夜。

　　他這樣的念了一下以後，又靜默了兩分鐘。接著，從那佛堂中，來了兩聲，「咯，咯，」的木魚聲。一邊，呢喃的念經聲就起了。木魚聲是連續的細密的敲著，再有一二聲的鐘磬聲。這種和諧的恬靜的韻調，清楚的刺入他的耳中，使他現出一種非常飄渺，甜蜜，幽美，離奇的意象來，—— 好似這時他是架著一隻白鶴，護著一朵青雲，前有一位執幡的玉女，引他向蓬萊之宮中飛昇一樣。一時，他又似臥在秋夜的月色如春水一般的清明澄澈的海濱的沙石上，聽那夜潮漲落的微波的嗚咽。一時，他又似立在萬山朝仰的高峰上，聽那無限的長空中在迴旋飛舞的雪花的嘶嘶縷縷的妙響。在這淨潔如聖水的早晨，萬有與一切，同時甜蜜地被吸進到這木魚鐘磬的聲音的裡面。蠡呢，是怎樣的能在這聲音中，照出他自己的面貌來。這樣，他聽了一回他精神的母親的早課，他不覺昏昏迷迷的沉醉了一時。

　　約一點鐘，聲音停止了，一切又陷入沉寂。他也想到他的自身，—— 一個青年，因為無路可走，偶然地搬到寺院裡，但從此得救了！

　　這樣，他又想到他前次的未成功的自殺。他微微一笑，這是真正的唯一的笑。一邊他想，

　　「假如我上次真的跳河了，現在不知道怎樣？完了，完了！什麼也完了！」

　　於是他就幻想起死後的情形來：

　　一張黑色的壽字的棺材，把我的屍靜靜的臥在其中。大紅

色的綾被身上蓋著。葬儀舉行了，朋友們手執著香悲哀的在我身後相送。到了山，於是地被掘了一個坑，棺放下這坑內。再用專與石灰上面封著，帶青草的泥土上面蓋著，這就是墳墓了！屍在這墳墓中，漸漸地朽腐。皮朽腐了，肉也朽腐了，整百千萬的蛆蟲，用牠們如快剪的口子，來咀嚼我的身體。咀嚼我的頭，咀嚼我的腹。牠們在我的每一小小的部分上宴會，牠們將大聲歡唱了：

（一）

一個死屍呀為我們壽，

一個死屍呀為我們壽。

他是我們的宮室，

他是我們的華筵；

航空於宇宙的無邊，

還不如我們小小之一穴。

歡樂乎，誰是永在？

一個死屍呀為我們壽。

（二）

過去可莫戀。

未來可莫惜。

我們眼前的一臠，

我們眼前的一滴。

幸福呀眼前，

酒肉送到我唇邊，

我們不費一絲力。

這樣，牠們歡唱完結的時候，也就是我身到了完結的時候！什麼皮膚，肌肉，肺腑，都完結了，完結了！」

這時，他舉起他瘦削的手臂，呆呆的注視了一下。

「一邊呢，」他又想，「在我的墓上。春天呀，野花開了。杜鵑花血一般紅，在墓邊靜立著。東風吹來的時候，香氣散佈於四周，於是蜂也來了，蝶也來了。墓邊的歌蜂舞蝶，成了一種與死作對比的和諧。這時，黃雀，相思鳥，也吱吱唧唧的唱起《招魂歌》來：

長眠的人呀，
醒來罷！
東風釀成了美酒，
春色令人迷戀喲。
再不可睡了，
綠楊已暖，
綠水潺湲，
渡頭有馬有船，
你醒來罷！

但一邊喚不醒我魂的時候，一邊另唱起《送魂曲》：

長眠的人呀，
你安然去罷！
清風可作輿，

白雲可作馬，

你安然去罷！

黃昏等待在西林，

夜色窺望於東隈，

你安然去罷！

無須回頭了，

也無須想念了。

一個不可知的世界，

華麗而極樂的在邀請你，

你應忘了人世間的苦悶，

從此天長而地久。

你安然去罷，

長眠的人呀！

　　正是這個時候，我的親愛的小弟弟，扶著我頭髮斑白的母親來了。母親的手裡有籃，籃內有紙錢，紙幡，香燭之類。他們走到我的墳前，眼淚先滴在我的墳土上，紙幡懸在我的墳頭，紙錢燒在我的墳邊，香菸繚繞的上升，燭油搖搖的下滴，於是他們就相抱著嗚嗚咽咽地哭了起來。一回，哭聲漸漸低了；於是他們收拾起籃兒，他們慢慢地走去，他們的影子漸漸遠逝了。春也從此完了。

　　這樣，他一直想到這裡，心頭就不似先前這麼平寧了。他要再想下去，想夏天，烈日曬焦他墳上的黃土。想秋天，野花

凋殘，綠草枯萎，四際長空是遼闊地在他墓之四周。冬天呀，朔風如箭，冷雪積著墳頭！這樣，冬過去，春天來。──但他還沒有想，窗外有人溫和的叫他，

「朱先生！」

這是他精神的母親。他的思路也止了，聽她說，

「還睡著麼？時候不早了。」

他答，

「醒了，已早醒了，還聽完你的早課。」

「為什麼不起來？」

「睡著想！」

「想什麼呢？」

「想著一個人死後的情形。」

「沒有意思。還是起來罷，起來是真實的。」

他們隔著窗這樣說完，她就走開。

陽光已經離開他的被上，被仍是青灰色的。

「真的不早了，我卻又想了一個無意義的！我再生了，死後的情形，離開我很遠。」

一邊就走起。

他見她在庵後的園中，這時用鋤鋤著地。一面收拾老的瓜藤，一面摘下幾隻大的瓜放在一邊。她頭戴著一頂破簑帽，很像一位農婦，做這些事也做的很熟手。她的臉上溫和，沒有一些勞怨之念。陽光照她滿身，有如金色的外氅，蟬在桑枝上

叫。所有在她身邊的色彩，聲調，這時都很幽韻，質樸而古代的。

第九　鴞在房中叫呀！

時候約九點鐘，陽光和他的身子成四十五度的銳角。他從庵裡出來，想回到家裡去吃點早餐。在回家的路上，他和他的影子都走的很快。一邊，他這樣清朗的想：

他所認識的和他親信的人們，他們都有偉大的精神，都是勇敢地堅毅地向著生的活潑的一方面走。他們沒有苦痛麼？呵有，他們的苦痛正比他大！可是他們都用嚴厲的手段，將他們自己的不幸封藏起來；反而微笑地做著他們日常應做的工作。他的母親是不要說了！她是什麼都可以犧牲，精神也可以犧牲，肉體也可以犧牲，只求她家庭的安全，賜她的兒子以幸福。艱難，困苦，勞疲，她是很從容的同它們奮鬥，她沒有一分的畏懼心。他的兩位朋友，清和偉呢，他們是有肯定的人生觀，深摯的同情。他們忍著氣喘的一步步的跑上山嶺，他們不願意向後回顧，他們對準前線的目標，靜待著衝鋒的命令的發落。一個還有美的感化的調和；一個更富有強韌的實際性，這實在不能不使他佩服了。至於他這位精神的母親，她更高於一切。她有超脫的人生觀，她也有深奧的自我的見地；她能夠將她過去的一段足以代表人生最苦一方面的運命，作已死的僵物來埋葬了，整理地再開拓她新的境界，—— 新的懷抱與新的要求。艱難孤苦地獨自生活。自己親手在園裡種瓜，又自己親手

去摘。這種古代的又藝術的生活，裡面是含著怎樣的不可窺測的勇敢與真理。

再想他自己呢，唉！他真要慚愧死了！他想他的精神上沒有一點美質，沒有一點可稱讚的榮譽的優點。他除出對於他自身是無聊，乏味，空想，浮燥，煩惱，嘆息；對於社會是怨恨，詛咒，嫉妒，猜疑，攻擊，譏笑之外，他就一點什麼也沒有。只將他自己全部的人生陷在昏暗，胡亂，恍惚，莽闖的阱中。他好像他的過去，沒有見過一天清朗的太陽，沒有見過一夜澄澈的月亮；他好像鑽在黑暗的潮溼的山洞裡度過了幾時的生活。在他是沒有勞力，也沒有忍耐與刻苦。他除了流淚之外，似竟沒有流過汗。真理一到他的身上就飄忽而不可捉摸，美麗一到他的身上就模糊而不能明顯。狹義的善，他又不願做去，新的向上性的罪惡，他又無力去做。唉，他簡直是一個古怪的魔鬼！惶恐，慚愧。他這樣想，

　　我算是什麼東西呢？

　　人麼？似乎不相像。

　　獸麼？又不願相像了！

　　那我是什麼東西呢？

　　好罷，暫且自己假定，

　　我是舊時代裡的可憐蟲！

但忽然轉念，他到底得救了，昨夜，他得到了新生的轉機。他已送過了過去的一團的如死，他又迎來了此後他解脫他

自身的新的方法，他得到再生了！

　　這時他走到他家裡的那株樟樹的蔭下，他舉起兩拳向空中揚，一邊他喊，

　　「努力！努力！

　　「重新！起來！

　　「勇敢！努力！」

　　但不幸，──聽，

　　鴞在房中叫呀！

　　鴞拚命地叫呀！

　　當他走進了大門，將要跳進屋內去的一刻，他忽然聽得他母親的哭聲，嗚嗚咽咽的哭聲，一邊說，

　　「總是我的囂壞！囂會這樣顛倒，竟害了她！」

　　他突然大驚。兩腳立刻呆住，他想，

　　「什麼事？我害了誰？」

　　房裡又有一位陌生的婦人的聲音，很重的說，

　　「千錯萬錯，總是我家的錯！為什麼要跑到謝家去說，說囂要離婚呢？」

　　母親是繼續的哭泣，陌生的婦人是繼續的訴說：「前夜從你這裡回家，他的臉孔氣的鐵青，兩腳氣的筆直。我問他什麼事，他又不說，我以為路里和別人吵過嘴，隨他去了。不料他昨天吃過中飯，會跑到謝家去告訴。他說並沒有說幾句，不過說囂要不結婚，說不配她，還罵了他一頓。不料這幾句話恰被

這位烈性的姑娘聽去！」

停一息，又聽她說，

「這位姑娘也太烈性。她家裡一位燒飯的說，她聽到這幾句話以後，臉孔就變青了。當夜就沒有吃飯。她父母是不曉得這情形。她在別人都吃過飯以後，還同鄰舍的姑娘們同道坐一回。鄰舍的姑娘們還向她說笑了一回。問她愁什麼，擔什麼憂？而她總是冷冷淡淡的，好像失了魂。以後，她也向她們說，── 這時房內的婦人，假裝起姑娘的各種聲調來 ──她說，

「女人是依靠丈夫，丈夫不要她了，活著還有什麼趣味呢！」

她又念，

「莫非一個不要了，再去嫁一個不成麼？」

當時鄰舍的姑娘們，向她說，

「愁什麼呀？誰不要你？莫非他是一個呆子！愁什麼呀。你生的這樣好看，你又聰明又有錢，朱先生會不要你？他要誰去？他總不是一個呆子！」

姑娘一時沒有答，以後她又這麼說，

「他哪裡會是呆子，他是異樣的聰明能幹的！不過我聽別人講，現在在外邊讀過書的人，無論男女，都講自由戀愛。自己喜歡的就要她，父母代定的就不要。我終究是他父母代定的！」

「不會，不會，」她們急連的說，「喜歡總是喜歡好看的，聰明的，莫非他會喜歡呆子，麻子，癩子，不成？」

以後，她又說，

「我終究沒有到外邊讀過書。」

她們又說，

「不會，不會。女子到外邊讀書，究竟是擺擺架子，說說空話的。或者呢，學些時髦，會穿幾件新式的衣裳。這又誰都會穿的。」

這時，她鄰舍還有一個姑娘說，

「是呀，不過學會了會穿高跟皮鞋就是咯！高跟皮鞋我們鄉下人穿不慣，穿上是要跌死的。說到她們在外邊是讀書，騙騙人。啊，你去叫一個中學校的畢業生來，和我背誦誦《孟子》看，看誰背的快？」

接著，這位姑娘背了一段《孟子》，她和她們都笑了一下。

以後她又說，

「男人的心理是奇怪的，他看見的總是好的，沒有看見的總是不好的。」

她們又說，

「你不要愁呀。你的好看是有名的。朱先生不過口子說說，心裡一定很想早些同你結婚呢！」

那她又問，

「為什麼要口子說說呢？」

她們答，

「口汗，對著媒人，媒人是可惡的，就口子隨便地說說。」

她們還是勸她不要愁。

可是在半夜，大概半夜，她竟下了這樣的狠心，拋了父母兄弟，會自己上吊！只有一索白線，吊死在她自己的床後！這真是一個太急性的姑娘，太急性的姑娘！」

聲音停頓了一息，一時又起來，

「她的父親也多事，當臨睡的時候，大聲向她的母親說，

「假如他真要離婚，那就離婚好了！像我們這樣的女兒，莫非嫁不到人麼？一定還比他好一點！我不過看他父親的情誼。離婚，離婚有什麼要緊！」

雖則當時她的母親勸，

「不要說，我們再慢慢的另差人去打聽，問去，究竟有沒有這個意思。恐怕青年人一時動火，—— 他是有病的人更容易動火，動火了說出錯話來也說不定。媒人的嘴是靠不住的。」

她的母親說的很是，不料她父親又說，

「離婚就離婚，還打聽什麼？媒人總是喜歡你們合，莫非喜歡你們離？還打聽什麼？莫非嫁不到第二個？」

這幾句話，姑娘竟很清楚的聽去。所以她在拿燈去睡的時候，也含含糊糊的自念，

「總是我的命運，莫非真的再去嫁第二個麼？」

她的話也聽不清楚，所以也沒有人去留心她。也斷想不到

她會這樣下狠心！真是一個可憐的姑娘！」

停一息，又說，

「事情也真太冤家，湊巧！她房裡本來有一個十四歲的小姑娘陪她睡的。而這個小姑娘，恰恰會在前天因家裡有事回家去了。她獨自在房裡睡的時候很少，偏偏這兩夜會獨自睡。所以白線拿出來，掛上去，竟沒有一個人聽到！這是前世注定的！他，死後總要落割舌地獄！你也不要哭，前世注定的。」

他的母親帶哭的結尾說，

「這樣的媳婦，叫我哪裡去討到第二個？」

這時，鼇立著；他用全副的神經，絲毫不爽地聽進這婦人的每個發音。初起，他的心臟是強烈地跳動；隨後，就有一股熱氣，從他的頭頂到背脊，一直溜到兩腿，兩腿就戰抖起來。額上，背上，流出如雨的汗來，他幾乎要昏倒。最後，他好像他自己落在熔解爐中，眼前是一片昏暗，四周是非常蒸熱，他的身體是熔解了，熔解了，由最小到一個零。

他不想進房去，他想找尋她的死！他不知不覺地轉過身子，仍向門外跑出去。還竟不知向哪裡去！

第十　冰冷冷的接吻

假如不知道他的妻的家是在哪裡的話，這時簡直不知道他向什麼地方走。而且還一定要代他恐慌，因為非特他的身子就好像被狂風吸去一樣；他跳過田徑，跑過橋，簡直不是他自己的身子。

他一直向東，兩腳動的非常快，頭並不略將左右看一看。他從這塊石跳到那塊石，從這條路轉到那條路，石呀，路呀，它們是一直引誘著他到他妻的那裡去！

離他家東七里，正是他的妻的家的村莊。這村莊比他的村莊小些，但這村莊是比他的村莊富裕。何況他的妻的家是這村的上等人家之一。蠡，從小是到過她的家裡的。這是一出舊劇的老把戲，因為父親是朋友，女兒就做作夫妻了。

這個時候，蠡將十年前的印象，迅速地銀幕上的影戲一般的記起了：

—— 一位額前披短髮的小姑娘，立在她自己的房的門口中，身掩著門幕，

當他走去，就跑開了。——

—— 這樣一次，——

—— 這樣二次，——

—— 這樣三次，——

一轉又想：

—— 現在，她死了，——

—— 她在昨夜吊死！——

—— 她死的悲慘，——

—— 但死的榮耀，——

—— 為了我的緣故，——

—— 她死的榮耀！——

—— 她尊視她的身體，不願誰去鄙夷她，——

—— 她的死一定是微笑的，——

—— 微笑，——

—— 微笑，——

—— 我要在她微笑的額上吻一吻，——

—— 甜蜜的吻一吻，——

—— 我也微笑，——

—— 我是帶著微笑和忠心去的。——

—— 或者會在她微笑的額上有淚痕，——

—— 死的難受，有淚痕。——

—— 我去舐了她的淚痕，——

—— 忠心地去舐，——

—— 她一定在等待我，——

—— 她是用怨和歡欣等待我，——

—— 我去，——

—— 快去，——

走了一程，又想：

—— 我還有什麼？——

—— 沒有。——

—— 還要我怎樣做？——

—— 也沒有。——

—— 她或得這最後的一吻，——

—— 她趁夠了！——

—— 吻，吻，——

—— 她希望於我的，——

—— 微笑地去，——

—— 作唯一的吻，——

—— 她夠了，——

—— 她會永遠安心了！——

他竟似被一個不可見的魔鬼在前面領著。他跑完了這七里路，他只喘過一口氣，他似全沒有費多少力，就跑到了他的妻的村。他也一些不疑惑，沒有多轉一個彎，也沒有多跑一丈路；雖則他到過他的妻的家已在十年以前，但他還是非常熟識，比她村裡的人還要熟識，竟似魔鬼在前面領著一樣。向著最短的距離，用著最快的速度，一溜煙跑進了他的妻的家。

他稍微一怔，因為這時她的家會鴉雀無聲！好似古廟。但他稍微兩腳一立之後，仍用同樣的速度，目不轉瞬地跑進了十

年前她所立過的門口的房內。

她的屍睡著！

微笑地睡著。

微怨地睡著。

他立刻用他兩手捧住她的可怕的青而美麗的兩頰，他在她的額上如決鬥一般嚴肅地吻將起來。

吻，

再吻，

三吻！

他又看著她的唇，全身的火焰衝到他的兩眼，唇是雪的飛舞一般白。接著他又混亂地，

吻，

再吻，

三吻！

一忽，他又看著她的眼。她的迷迷如酒微醉般閉著的眼，如夜之星的微笑的眼，清晨的露的含淚的眼，一對苦的永不再見人間的光的眼。他又凜冽地向她的臉上，

吻，

再吻，

三吻！

但是這個吻是冷的，冰一般地冷的！而且這個冷竟如電流一樣，從她的唇傳到他的唇，再從他的唇傳到他的遍體，他

的肌膚，他的毛髮，他的每一小小的纖維與細胞，這時都感到冷，冷，冰一般地冷！

他在她的房內約有五分鐘。

她的房內沒有火！

她的房內沒有光！

她的房內沒有色！

她是一動不曾動，只是微笑而又微怨地睡著！

但一切同時顫抖；太陽，空氣，甚至地面和房屋，一切圍著他顫抖！

忽然，一陣噪聲起來，浪一般的起來，好像由遙遠到了眼前。

他這時才覺得不能再立足，用子彈離開槍口一般的速度跑出去了。

她的屍是在早晨發覺的。當發覺了她的屍以後，她的父親是氣壞了，她的母親是哭昏了！她的家裡的什麼人，都為這突來的變故所嚇的呆住了。她的家雖有一座大屋，本來人口不多，當是冷清清的。她有一個哥哥，卻也守著一間布店，這時又辦她的死後的事宜去。所以他跑進去，一時竟沒有人知道。等到一位燒飯的走過屍房，只見一個陌生的男子，——當時她還看的他是很長很黑的東西，立在她的姑娘的屍邊，又抱住姑娘的頭吻著，她嚇的說不出話，急忙跑到她母親的房內，——在這間房內是有四五位婦人坐著。—— 她大叫起來，一邊這

四五人也驚呼起來。但當她們跑出來看，他已跑出門外了。她們只一見他的後影。這時，她的父親也出來，含著淚；她們擁到大門口，他問，

「什麼？是朱勝驫麼？」

「是呀，她看見的。」她母親答。

「做什麼呀？」

「她說他抱著女兒的臉！」

「什麼！你說？」

「在姑娘的嘴上親；一息又站著，兩隻眼睛碧綠的向著姑娘的臉上看，我慌了！」

燒飯的這樣說。他又問，

「是朱勝驫麼？」

她們都答，

「背後很像。」

「什麼時候跑進來的？」

「誰知道！」她母親半哭的說。

「他哭麼？」

「又沒有。」燒飯的答。

「莫非他瘋了？」

「一定的！」

「一定的！」

誰都這樣說。

「否則絕不會跑到這裡來！」

恰好這時，他們的兒子和一位用人回來，手裡拿著絲棉，白布等。她們立刻問，

「你看見過門外的人麼？」

「誰呀？」

「朱勝韞。」

「沒有，什麼時候？」

「方才，他到這裡來過。」

「做什麼？」

「瘋瘋癲癲的抱著你妹子的臉！」

「呀？」

「連影子都沒有看見過麼？」

「沒有，方才的事？」

「我們還剛剛追出來的！」

「奇怪，奇怪！假如剛剛，我們一定碰著的，我們竟連影子都沒有看見過。他向哪一條路去呢？」

「你，你趕快去追他一回罷！」他父親結論地說。

這樣，這位哥和用人立刻放下東西，追出去了。

她們等在門外，帶著各人的害怕的心。一時，兩人氣喘的回來，她們接著問，

「有人麼？」

「沒有，沒有，什麼都沒有！」

「你們跑到哪裡？」

「過了橋！」

她的哥答，接著又說，

「我碰著他們的村莊裡來的一個人，我問他一路來有沒有見過姓朱的；他也說，沒有，沒有！」

這時他們個個的心裡想，

「莫非是鬼麼？」

第十一　最後的悲歌

時候近日中，約十一點左右。寺裡的婦人，這時已從菜園裡回來，將舉行她中晝的經課。她方舉起木魚的棰兒將敲第一下，而盦突然顛跌衝撞地從外面跑進來。他的臉孔極青，兩眼極大，無光。她一見驚駭，立刻拋了棰兒，跑去扶他，一邊立刻問，

「朱先生，你怎樣了？」

而他不問猶可；一問了，立刻向她衝來，一邊大叫，

「唉！」

他跌在她的懷中，幾乎將她壓倒。她用兩手將他抱住，一邊又問，

「朱先生，你究竟怎樣了？」

他又閉著眼，「唉！」的一聲，什麼沒有答。

這時，他精神的母親將他全身扶住，他的頭倚在她的肩上，慢慢的扶他到了房內。房內一切的靜默地迎著他，床給他睡下，被給他蓋上。她又將他的鞋子脫了，坐在他的床邊，靜靜地看守他。一邊又輕輕地問他，

「朱先生，你到底怎樣了？」

這時他才開一開眼，極輕地說，

「死了！」

她非常疑惑，又問，

「什麼死了呢？」

他又答，

「什麼都死了！」

「什麼？」

「什麼！」

她的兩眉深鎖，驚駭又悲哀地問，

「清楚些說罷，你要嚇哪一個呵？」

於是他又開了一開眼，喘不上氣地說，

「清楚些說啦，她已經死了！」

她這時稍稍明白，不知道哪個同他有關係的人死去。劇烈的發生，會使他這樣變態。一邊她蹙著額想，

「變故真多呀！人間的變故真多呀！」

接著又極輕的說，

「恐怕又要一個人成了廢物！」

這樣約十五分鐘。他在床上，卻是輾轉反側，好似遍體疼痛。他一息叫一聲「唷！」一息又叫一聲「喲！」

一時，卻又亂七八糟地念起，

紅色也死了，

綠色也死了，

光也死了，

速度也死了，

她已死了，

你也要死了，

我正將死了！

接著，他又叫，

媽媽，你來罷！

於是她又向他陸續問，

「你說些什麼呀？

「叫你媽媽來好麼？

「你究竟哪裡痛呢？

「清醒一下罷！」

但他沒有答一句。停一息，又念，

一切同她同死了，

菩薩也同死了，

靈魂也同死了，

空氣也同死了，

火力也同死了，

活的同死了，

死的亦同死了，

看見的同死了，

看不見的也同死了，

微笑同死了，

苦也同死了，

一切同死了，

一切與她同死了！

她聽不清楚他究竟說點什麼話，但她已經明白了這多少個「同死了」的所含的意思。這時她用手摸著他的臉，他的臉是冰冷的；再捻他的手，他的手也是冰冷的。她還是靜靜地看守他，沒有辦法。

一時，他又這樣的向他自己念，囈唔一般的，

我為什麼這樣？唉！

我殺了一個無罪的人！

雖則她是自願地死去，

微笑而尊貴地死去。

我見她的臉上有笑窩，

可是同時臉上有淚痕！

冰冷冷地接過吻了，

這到底還留著什麼？

什麼也沒有，空了！

唯一的死與愛的混合的滋味，

誰相信你口頭在嘗著！

從外邊走進三個人來，清，瑀，和他的母親。蠱的中飯在他們的手裡。他們走進他的房內，立時起一種極深的驚駭，各人的臉色變了，一個變青！一個變紅！一個變白！他們似乎手足無措，圍到蠱的床邊來，一邊簡單而急促地問，

「怎樣了？」

寺裡的婦人答，

「我也不知道，方才他從外邊跑回來，病竟這樣厲害！此刻是不住地講亂話呢。」

她極力想鎮靜她自己，可是淒涼的語氣夾著流出來。

誰的心裡都有一種苦痛的糾結，個個都茫然若失。

寺裡的婦人就問他母親，約九時鐔有沒有到家過。而他的母親帶哭的嚷，

「有誰見他到家過？天呀，王家嬸告訴我的消息他聽去了！正是這個時候！但又為什麼變了這樣？」

接著她又將他的妻的死耗，訴說了幾句。他們竟聽得呆呆地，好像人間什麼東西都凝作一團了！

鐔還是昏沉地不醒，一時又胡亂地說。他不說時眼睛是閉著的，一說，他又睜開眼睛，

死不是謠言，

死不是傳說，

她的死更不是 ——

一回的夢呵！

這是千真萬確的，

你們又何必狐疑。

且我已去見她過，

見過她的眼，

見過她的唇，

見過她一切美麗的。

還在她冰冷的各部上，

吻，吻，吻，吻，吻，

吻，吻，吻，吻，

聽清楚，不要記錯了。

唉！微笑的人兒呀，

她現在已經去了！

於是這寺裡的婦人說，

「是呀，他一定為了他的妻的死。但他莫非到了他的妻的那邊去過麼？李先生，你聽他說的話？」

「是，還像去吻過他的妻的死唇了！」

清恍恍惚的說。一息，他又問，

「蟲哥！你哪裡去過？你又見過了誰？」

這樣，蟲又叫，

見過了一位高貴的靈魂，

見過了一個勇敢的心，

也見過了一切緊握著的她自己的手，

無數的眼中都含著她的淚！

可怕呀，人間世的臉孔會到了如此。

但她始終還是微笑的，

用她微笑的臉，

向著微笑的國去了！

這時清說，

「他確曾到他的妻的那裡去過。」

但他的母親說，

「什麼時候去的呢？他又不會飛，來回的這樣快！」

停一息，又說，

「他又去做什麼呢？像他這樣的人，也可以去見那邊不成呀？而且姑娘的死，正因他要離婚的緣故。他又去做什麼呢！」

可是房內靜寂的沒有人說。

一時他又高聲叫了，

誰知道天上有幾多星？

誰知道人間有幾回死？

自然的首接著自然的腳，

你們又何苦要如此？

你們又何苦要如此？

什麼都用不到疑惑，

也用不到來猜想我，

終究都有他最後的一回，

我們知道就是了。

「我的兒子瘋了！」

他母親哭泣的說。

「朱先生，你到底怎樣了？你假如還有一分知覺，你不該拿這九分的糊塗來嚇死人？蠶呀，你知道眼前是誰站著呢？」

他的精神的母親這樣說。

可是蠶什麼都不響。清又愁著似怒的說，

「蠶哥！你為什麼要這樣？死不過死了一個女子，你自己承認有什麼關係？你要這樣的為了她？」

接著，王禹又和緩些說，

一個尋常的女子，
要羞死偷活的丈夫呀！
踏到死門之國又回來了，
她是怎樣高貴而勇敢呀！
她的死可以使日沉，
她的死可以使海沸，
雖則她永遠不是我的 ——
可是她的死是我的，
我的永遠理想的名詞。
景仰！景仰！景仰！
我現在是怎樣地愛她了，
這個使我狂醉的暴動！
天地也為她而掀翻了！
一個尋常的女子，
要羞死偷活的丈夫。

　　他們個個眼內含著淚，他們不知怎樣做好。以後，他們議論要請醫生，一回又議論要去卜課，甚至又議論先問一問菩薩。但都不是完全的議論。一種苦痛壓住他們的心頭，喉上，使他們什麼都表不出肯定的意見來。他們有時說不完全的句子，有時竟半句都沒有說。瑀卻不時的含著眼淚叫，

　　「哥哥！」

　　「哥哥！」

第十二　打罷，人類的醒鐘

這樣又過去了多少時。

蝨在床上又轉一身，極不舒服地叫了一聲，

「媽媽！」

他媽媽立刻向他問，

「兒呀，我在這裡，你為什麼呢？」

「沒有什麼。」

這才他答，他母親又立刻問，

「那兒呀，你為什麼這樣了？」

「沒有什麼。」

「你醒來一下罷！」

「媽媽，我是醒的，沒醒的只是那在睡夢中的世界。」

他一邊說一邊身體時常在輾轉。他母親又問，

「你為什麼要講這些話？你知道我們麼？」

「我知道的，媽媽，我很明白呢！」

「那你應該告訴我，你究竟為什麼得到了這病了？」

「我有什麼病？我的身體還是好的！」

這樣，他轉了語氣又問，

「媽媽，她真的死了罷？」

「死是真的死了。兒呀，死了就算了！」

「她為誰死的？」

「她是她自己願意死去呢！」

「那末，媽媽，妳再告訴我，她為什麼會自己願意死去的呢？」

「也是命運注定她願意的。」

「媽媽，妳錯了，是我殺死她的！她自己是願意活，可是我將她殺死了！」一邊又轉向問清，

「清，我卻無意中殺了一個無力的女子呢！」

於是清說，

「豳哥，你為什麼要這樣想去？那不是你殺的。」

「又是誰殺的呢？」

「是制度殺死她的！是社會在殺人呵！」

「是呀，清，你真是一個聰明人。可是制度又為什麼不將你的妻殺死呢？又不將誰的妻殺死呢？妻雖則不是我的，可為什麼偏將我的殺死呢？」

「我們都是跪在舊制度前求庇護的人。」

「所以她的死的責任應當在我的身上，這個女子是我殺死她的。」

「豳哥你不必想她罷；人已死，這種問題想它做什麼？」

「可是清，你又錯了。她沒有死呢！她的死是騙人的，騙媽媽，騙弟弟們的，她還是活的，沒有死，所以我要想她了！」

清覺得沒有話好說。這時他精神的母親，鄭重地向他說，

「朱先生，你睡一睡，不要說了，我們已很清楚地知道你的話了。」

「不，請你恕我，我不想睡；我不到睡的時候，我不要睡。我的話沒有完，蓄積著是使我肚皮膨脹的，我想說它一個乾淨！」

「還有明天，明天再說罷，此刻睡對你比什麼都要好，還是睡一下罷。」

「不，現在正是講話的時候。」

「我們還不知道你心裡要講的話麼？你自己是太疲乏了。」

「單是疲乏算的什麼？何況現在我正興奮的厲害！我簡直會飛上天去，會飛上天去！」

接著又問清，

「清呀，你聽著我的話麼？」

「聽著的。」清答。

「哈哈！」他又假笑。一息說，

「清呀，你能照我命令你的做麼？」

「蠡哥，什麼都可以的。」

「你真是一個我的好友。在我的四周有許多好的人。可是我要將我的好人殺完了！你不怕我殺你麼？」

清沒有答，他又瘋瘋的叫，

「清呀，你給我打罷，打罷，打那雲間掛著的人類的醒鐘！我的周圍的好人們不久都將來了！」

「誰呀？」

清又愁急的問。

「你不知道麼？是我們的十萬青年同志們。他們不久就將來了，我要對他們說話。清，你打罷，打罷，先打起人類的醒鐘來。」

「我打了。」

清順從地說。三人互相愁道，

「又不知道他說什麼話呢！」

「可是你看，你看，他們豈不是來了？他們排著隊伍整隊的來，你們看著窗外喲！」又說，

「我要去了。」

一邊就要走起的樣子。三人立刻又阻止地問，

「你要到哪裡去呢？」

「我要對他們講話，我要對他們講話。他們人有十萬呢，他們等在前面那塊平原上，我要對他們講話。」

「你就睡著講好了。」清說。

「不，我要跑上那座高臺上去講！」

「你身體有病，誰都能原諒你的。」

「呵！」

他又仰睡在床上。一息說，

「清呀，你又給我打起鐘來。那高懸在雲間的人類的醒鐘，你必須要努力地打喲，打喲！」

256

「是的，我努力地打了。」

「他們十萬人的眼睛一齊向我看，我現在要向他們講話了！」

這時清向他母親說，

「他發昏的厲害，怎樣好？他的話全是囈語。」

他的精神的母親寂寞的說，

「他全身發燒，他的熱度高極了。」

「天喲，叫我怎麼辦呢！天喲，叫我怎麼辦呢！」

老母只有流淚。颻又起勁的喊道，

「沒有什麼怎麼辦，你們還是衝鋒罷。衝鋒！衝鋒！你們是適宜於衝鋒的。我的十萬的同志們，你們聽著，此外是沒有什麼辦法！」

停止一息，又說，

「我是我自己錯誤的俘虜，我的錯誤要沉我到深黑的海底去，我不必將我的錯誤盡數地報告出來，我只要報告我錯誤的一件，趁夠你們來罵我是地獄中的魔王了！但錯誤在你們是膚淺的，你們很可以將一切過去的舊的洗刷了，向著未來的新的美景衝鋒去。」

無力的又息一息說，

「舊的時代，他正興高采烈的談著他與罪惡戀愛的歷史。殘暴與武裝，也正在大排其錯誤的筵席，邀請這個世界的蒙臉的闊人。你們不可太大意了；你們要看的清楚，你們要聽的明

257

白，用你們的腦與腕，給它打個粉碎！給它打個稀爛！社會的混亂，是社會全部混亂了，單靠一個人的力量是不夠的，要團結你們的血，要聯合你們的火，整個地去進攻。我曾經信任無限的自己，此刻，我受傷了！青年同志們，你們要一，二，三的向前衝鋒，不要步我後塵罷！」

接著，眸子又向房內溜了一圈，幾乎似歌唱一般的說道，

而且 ——

誰不愛紅花？

誰不愛綠草？

誰不愛錦繡的山河？

誰不愛理想的世界？

那末你們向前罷，

向前罷：

涅般木裡，

一個已去了，

一個還將去呵！

假如沒有真理，

也就不會留著芬芳。

什麼都破碎了，

仍舊什麼都是醜惡！

成就是在努力。

你們勇敢衝鋒罷！

這樣，他停止了。而且他的母親也忍不住再聽下去。清淒涼的說，

「蝨哥，你說完了麼？不必再說了，你應當休息。」

「好，」蝨說，「意思是沒有了。話當完結於此了。而且我的眼前所講的都是代人家講的，於自己是沒有關係。就不說罷，清呀，你再打起那人類的醒鐘來，我的十萬青年同志們，他們要回去了。他們是聚集攏來，又分散了去的。清，打罷，打罷，那人類的醒鐘。」

「是，我打了。」清說。

於是蝨又用指指著窗外，可是聲音是低弱了。

「看，清，你看！他們是去了，他們又分散的去了。他們真可敬，他們是低著頭，沉思地認著他們各人自己的路，他們的腳步是輕而有力的，他們在青草地上走的非常地溫祥。現在他們散了，向四方分散了！」

一息，又說，—— 可是聲音幾乎沒有。

「清呀，你再給我打一次最後的人類的醒……鐘……！」

清也哽咽地答不出來。

一縷鄭重的氣，將蝨重重地壓住。他母親竟一邊顫抖，一邊哭道，

「我的兒子將不中用了！他病了，瘋了，他專說些瘋癲的話，什麼也完了，你看他的兩眼已沒有光，不過動著一點火！唉，人為什麼會到了這樣一個？叫我怎樣好呀？」

「你也不要悲傷。」寺裡的婦人說，「這因他全身發熱，才話亂講的。他的全身的熱度高極了，或者他的心內的熱度還要高！你按一按他的脈搏，血好像沸著！我們要趁早設法請醫生。現在他又似乎睡去。」

又輕輕的向他耳邊叫了兩聲。矗沒有答。她又說，

「他睡去了。那末我們讓他睡一睡，你們到我的房裡去商量一下罷。這裡是連坐位都沒有，你們也太疲乏了。」

他的母親又將他拉了一拉棉被。

房內十二分靜寂，再比這樣的靜寂是沒有了。一種可怕的冷風從北窗吹進來，雖則天氣並不冷，倒反鬱悶。這是下大雨以前的天氣。四個人，個個低下頭，同意的都向佛堂那邊去。他們都苦愁著沒有方法。

第十三　暴雨之下

實際，豔是沒有睡熟，不過並不清醒。他一半被一種不可知的力所束縛，一半又用他過剩的想像在構成他的殘景；世界，似乎在他的認識而又不認識中。

於是就有一個人到他的前面來了。這是一個姑娘，年輕而貌美的他的妻。但這時她的臉色非常憔悴，青白；頭髮很長的披在肩膀上，似一位頹廢派的女詩人。她立在他的床前，一雙柔媚的眼，不住地注視他。以後就慢慢地微笑起來，但當這笑聲一高的時候，她隨即說一聲「哼！」十分輕視他的樣子轉過頭，沉著了臉孔。

一息，似又恍惚的變了模樣。她的全身穿著豔麗的時髦的衣服，臉上也非常嬌嫩，潤彩。一種驕傲的媚態，眼冷冷地斜視他。以後，竟輕步的走到他的床前，俯下頭似要吻他的唇邊，但當兩唇接觸的一忽，她又「唉！」的一聲，似駭極跑走了。

但一息，景象又換了。她似一個抱病的女子，臉色非常黃黑，眉宇間有一縷深深的愁痕。衣服也破碎，精神十分萎靡，眼簾上掛著淚珠，倦倦地對他。以後，竟似痛苦逼她要向他擁抱。但當她兩手抱著他身的時候，又長嘆了一聲，「呵！」兩臂寬鬆了，人又不見。

　　覷立刻睜開他的眼睛，向房內一看，可是房內又有什麼？一個人也沒有。竟連一個人的影子也沒有。

　　他遍身似受著一種刺芒的激刺，筋肉不時的麻木，痙攣，收縮。一息，似更有人向他的腦袋重重地一擊，他不覺大聲叫了一聲，

　　「唉！」

　　於是他的母親們又慌亂地跑來，擠著問，

　　「什麼？」

　　「兒呀，什麼？」

　　他的兩眼仍閉著似睡去。他們又慢慢的回到那邊去。他們互相說，

　　「可憐的，又不知他做著什麼夢！」

　　一邊，還沒有一刻鐘，他突然從床上坐起來，像有人在他耳邊很重的叫了他一聲。現在這人似向著窗外跑去，他眼不瞬地向著窗外望他。他望見這人跑過山，跑過水，跑過稻田的平野，跑到那天地相接的一線間，又向他回頭輕盈的笑，於是化作一朵灰色的雲，飄去，飄去，不見了。

　　他的兩眼還是不瞬地望著遼遠，一邊他念，聲音極輕，

　　哈，究竟是什麼一回事？

　　叫我到哪裡去呢？

　　在那遼遠遼遠的境邊，

　　天溫抱著地的中間，

究竟還是一種哭呢？

還是一種無聲的笑？

叫我怎樣會懂得？

又叫我怎樣去呢？

請誰來告訴我，

你這個不可知的人呀！

他又停止一息，又悲傷的念，

沒有人，究竟誰也沒有。

她豈不是已經去了？

飛一般輕快地去了？

眼前是什麼都沒有呵，

只留著灰色的空虛，

只剩著淒涼的無力。

景色也沒有，

韻調也沒有，

我要離此去追蹤了。

這樣，他就很敏捷的穿好鞋，一邊又念，

什麼也沒有方法。

再也不能制止！

經典，—— 佛法，

科學，—— 真理，

無法拿來應用了！

我要單身獨自去看個明白，

問個究竟！

或者在那處可寄放我的生命，

作我永遠的存在！

接著，趁他們的眼光所不及，箭一般地將他自身射出去了。勇氣如鷹鷲的翼一般擁著他前去。

他只一心想到天地銜接的那邊去，但他沒有辨別清楚目的。他雖走的很快，但一時又很慢的走，五分鐘也還沒有走上三步，看去和站著一樣。而且他隨路轉彎，並沒有一定的方向。他口子呢喃私語，但說什麼呢？他自己也不知道確切。他仰頭看看雲，又低頭看看草，這樣又走了許多路。

天氣很蒸熱，黑雲是四面密布攏來。雲好像海上的浪濤，有時帶來一二陣的冷風的卷閃。他覺著這風似能夠一直吹進到他的坎心，他心坎上的黃葉，似紛紛地飄落起來。這樣，他似更要狂舞。

他走上了寺北的山嶺，嶺邊有成行的老松，枝葉蒼老，受著風，呼呼的響。他一直向山巔望，似乎松一直長上天，和天相接，嶺是一條通到天的路似的。這時林中很陰森，空氣也緊張，潮溼。他不畏懼，大聲叫起來，

「我要踏上青天去！」

一邊，他想要在路邊樹下坐一息。接著，頭上就落下很大的雨點來。他不覺仰頭一看，粗暴的雨，已箭一般地射下。雖則這時已經來不及躲避，他也一點不著急，坦然，自得地。雨

是倒珠一般地滾下來，他的兩手向空中亂舞，似歡迎這大雨的
落到他的身上！他也高聲對這暴雨喊唱：

雨呀，你下的大罷！
你給我洗去了身上的塵埃！
你給我洗去了胸中的苦悶！
雨呀，你下的大罷！
你給我洗去了人間的汙垢！
你給我洗去了世界的惡濁！
大地久不見清新的面目，
山河長流它嗚咽的酸淚，
雨呀，你給他洗淨了罷！
一切都用人工塗上了黑色，
美麗也竟化作蝴蝶的毒粉，
雨呀，你給他洗淨了罷！
從此空氣會得到了清涼，
自然也還了他錦繡的大氅。
雨呀，你下的大罷！
我心也會有一片的溫良，
身明媚如山高而水長。
雨呀，你下的大罷！

雨勢來的更洶湧，一種暴猛的聲音，竟似要吞蝕了這時的
山，森林。四際已披上了一層茫茫的雨色，什麼也在這雨聲

中號叫著，顫聲著。松也沒有美籟，只作一種可怕的搖動，悲嘯。雨很猛烈的向他身上攻打，要將他全身打個稀爛似的。他喘不出氣，全身淋的好似一隻沒有羽毛的老鴞，衣服已沒有一寸半寸的乾燥。水在他的頭上成了河流，從他的頭髮，流到他的眼，耳，兩肩，一直流向他的背，腿，兩腳。他的身子也變作一條河，一條溪，水在他的身上作波浪。但他還從緊迫的呼吸中發出歌聲，他還是兩手在空中亂舞，一邊高唱。雖則這時他的歌聲是很快地被雨吸收去，放在雨聲中變作雨聲，可是他還是用力地唱著：

> 雨呀，你下的大罷！
> 你嚴屬的怒號的聲音，
> 可以喚醒人們的午夢。
> 雨呀，你下的大罷！
> 你淨潔的清明的美質，
> 可以給人類做洗禮。
> 願你淨化了我的體！
> 雨呀，你下的大罷。
> 願你滋生了我的心！
> 雨呀，你下的大罷。

這樣，等到他外表的周身的熱，被雨淋的消退完盡，而且遍體幾乎有一種雨的冷。內心也感到寒蕭的刺激，心又如浸在冰裡，心也凍了，他這才垂下他的兩手，低他歌聲，他才向

一株松樹下坐了下去，好像神擠下他坐下，昏昏地。雨仍很大的打著山，仍很大的打著他的身體。雨的光芒刺激他眼，山更反映出灰色的光芒。四際是灰色，他似無路可走。以後，他竟看眼前是一片汪洋的大海，他是坐在這無邊的洋海的岸上。一時，他又似乘著一隻將破的小船，在這汪洋的海浪裡掀翻著。這時，他昏沉的無力的低念：

> 雨，你勇敢的化身者，
> 神龍正駕著在空中翱翔呵；
> 從地球之最高處下落，
> 將作地面一個泛濫的痛快呀！
> 我而今苦楚了，
> 我只是一個尋常的緩步！
> 凡人呵！凡人呵 ——
> 新生回到了舊死矣，
> 我當清楚地懸著自己的心，
> 向另一個國土的彼岸求渡。

這時有許多人走上嶺來的聲音；這使他驚駭，—— 一種雨點打在傘上的聲響，和許多走路的腳步，夾著他聽熟悉了的語言，很快的接近到他的耳朵裡。他窘急地站起來，他的心清楚了，他想，

> 莫非媽媽來了麼？
> 莫非弟弟來了麼？

莫非人們都來了麼？

該死！唉，該死！

我的頭上在哪裡？

我的腳下在哪裡？

叫我躲避到何處去？

聲音來的更接近了，

我不久就要被捉捕，

叫我躲避到何處去？

雨呀，你應趕快為我想出方法來！

可是雨的方法還沒有想出，他們已經趕到了。他們擁上來將他圍住。他還是立在松下，動他帶雨的眸子向他們看看。他們三人，清，瑪，和伯，一時說不出話，心被這雨的粗大的繩索纏縛的緊緊，他們用悲傷的強度的眼光，注視他全身的溼。這樣一分鐘，和伯上前將他拉著，他還嚷道，

「你們跑開罷，跑開罷！天呀！不要近到我的身邊來！」

於是這忠憨的和伯說，

「蠱，你來淋這樣大的雨，你昏了，你身上有病，你不知道你自己麼？」

蠱又立刻說，

「救救我，你們跑開罷！讓我獨自在這裡。這裡是我自己願意來的，我衝進大雨中來，還想衝出大雨中去，到那我所要追尋的地方。」

蠶在旁流淚叫，

「哥哥，回去罷！快回去罷！媽媽已經哭了一點鐘了！」

蠶長嘆一聲說，

「弟弟，你算我死在這裡，也葬在這裡了罷！」

清沒有話，就將他帶來的衣服遞給他，向他說，

「快將你的衣服脫下，換上這個。」

蠶似被圍困一樣，叫道，

「天呀，為什麼我一分自由也沒有！」

什麼都是苦味，雨稍小了。

第十四　無常穿好芒鞋了

他們扶著他回家，蹌蹌踉踉地在濘泥的田塍上走。他到此已無力反抗。他們沒有話，只是各人繫著嵌緊的愁苦的心。稀疏而幽晦的空氣送著他，慘淡的光領著他，各種老弱的存在物冷眼看他。這時，他慨嘆地想，

「唉，他們挾我回去，事情正不可知！夢一般地飄渺，太古一般的神祕呵！」

他母親立在樟樹下，——這時天下落著細很疏的小雨。她未見兒子時，老淚已不住地流；現在一見她兒子，淚真是和前一陣的暴雨差不多！她不覺對她兒子仰天高呼起來，

「兒呀！你要到哪裡去呀？你在我死過以後跑罷！你在我死過以後跑罷！你瘋了麼？」

他們一齊紅起眼圈來。蟲到此，更不能不痿軟他的心腸。他只覺得他的自身正在溶解。

他母親似乎還要說，她心裡的悲哀，也似和雨未下透的天氣一樣。但清接著就說道，

「媽媽，快給蟲哥燒點收溼的藥罷。」

於是老人就轉了語氣，

「燒什麼呢？兒呀，你真生事！你何苦，要跑出去淋雨，方才的雨是怎樣的大，你也知道你自己麼？」

這時蠶說，態度溫和起來，聲音低沉的，

「媽媽，我心很清楚，我是喜歡跑出去就跑出去的。我也愛這陣大雨，現在大雨已給我淨化了，滋生了。媽媽，你以後可以安心，我再不像從前一樣了！你可以快樂。」

老母又說，

「兒呀，你身上有病呢！你曉得你自己身上有病麼？你為什麼病了？你方才全身發燒很厲害，你滿口講亂話。你為什麼一忽又跑出去，我們簡直沒處找你！你此刻身子是涼了，被這陣大雨淋的涼了，但你知道你的病，又要悶到心裡去麼？」

「沒有，媽媽，我沒有病了！這陣大雨對我是好的，我什麼病都被這陣大雨衝去了！這陣大雨痛快啊，從明天起，我就完全平安了。媽媽，你聽我的話，便可以知道我是沒有病了。」

和伯插進說，

「淋雨有這樣好？我在田裡做工，像這樣的雨，每年至少要淋五六回哩！」

清說，

「我們進去罷，雨又淋到身上了。」

他們就好似悲劇閉幕了一般的走進了家。

蠶睡上他的床不到一刻鐘，就大聲咳嗽起來。他的母親急忙說，

「你聽，又咳嗽了！」

咳嗽以後還有血。蠶看見這第二次的血，已經滿不在意，

他向人們苦苦的做笑。他的母親，簡直說不出話。就說一二句，也和詛咒差不多。老人的心已經一半碎了。弟弟是呆呆地立在床邊看著，清坐在窗邊，他想，──死神的請帖，已經遞到門口了！

血陸續不斷地來，他母親是無洞可鑽地急。這時鼗的全身早已揩燥，又換上衣服，且喝了一盞收溼的土藥，睡在被裡。清和他的母親商量要請醫生，但醫生要到哪裡去請呢？最少要走十五里路去請。於是他母親吩咐和伯去庵裡挑鋪蓋，同時想另雇一人去請醫生，鼗睡在床上和平的說，

「媽媽，不要去請醫生。假如你一定要請，那末明天去請罷。今天已將晚，多不便呀？」

「那末你的血怎麼止呢？」

他母親悲苦地問，他說，

「先給我漱一漱鹽湯，我的喉內稍不舒服的。再去給我買半兩鴉片來，鴉片！吃了鴉片，血就會止了。清呀，你趕快為我設法罷，這是救我目前的唯一的法子。」

和伯在旁說，「鴉片確是醫病最好的，比什麼醫生都靈驗。」清問，

「誰會做槍呢？」

「我會，」和伯又說，「鼗的爹臨死前吃了一個月，都是我做的。」

老農的直率的心，就這樣說了出來。清向他看了一眼，接

著說，

「那末我去設法來。」

一邊就走了。他母親叫，

「帶錢去罷！」

他答不要。而蟲這時心想，

「好友呀！你只知道救我，卻不知道正將從你手裡送來使我死去的寶物！」

清跑出門外，老母親也跟至門外，流著淚輕叫，

「清呀！」

「什麼？媽媽！」

清回過頭來，止了腳步。

「你看蟲怎樣？恐怕沒有希望了，他要死……了……！」

「媽媽，你為什麼說這話呢？你放心！你放心！蟲哥的病根雖然深，但看他此刻的樣子，他很要身體好。只要他自己有心醫，有心養，不再任自己的性做，病是很快會好去的。」

清也知道他自己是在幾分說謊。

「要好總為難！」老人失望地說，「他這樣的性子，變化也就莫測呢！他一息像明白，一息又糊塗，到家僅三天，事情是怎樣的多呀！」

「你也不要憂心，你老人家的身體也要緊。蟲哥，總有他自己的運命！」

「我也這樣想，急也沒法。不過我家是沒有風水的，瑀有些

呆態，單想玩；他從小就聰明，又肯用心讀書。可是一變這樣，恐怕活不長久了！」一邊嗚嗚咽咽地哭泣起來。

「這是貧弱的國的現象！好人總該短——」可是清沒有將「命」字說出，急改變了語氣說，「媽媽，妳進去罷！蟲哥又要叫了，妳進去罷，妳也勿用擔心，我們等他血止了，再為他根本想方法。」

「你們朋友真好！可惜……」

她說不清楚地揩著淚，回進屋子裡去。

清回到了家裡，就叫人去買一元錢的鴉片，並借燈，煙筒等送到蟲的家裡。他自己卻寫了一封長信，寄給在滬上的葉偉。信的上段是述蟲的妻的自殺，中段是述蟲的瘋態，大雨下淋了發熱的身，並告訴目前的病狀。末尾說，

「偉哥！你若要和他作最後的一別，請於三日內來我家走一趟！鴉片已買好送去，他的血或者今夜會一時止了。可是他這樣的思想與行動，人間斷不容許他久留！而且我們也想不出更好一步的對他這病的補救方法！偉哥，你有方法，請帶點來！假如能救他的生命，還該用飛的速度！」

黃昏又來，天霽。

蟲吸了三盅鴉片，果然血和咳嗽都暫時相安。不過這時，他感得全身痠痛，似被重刑拷打以後一樣。一時，他似忍止不住，閉著眼輕輕地叫一聲，

「媽！」

他母親坐在床邊，問，

「兒呀，什麼？」

他又睜開眼看了一看說，

「沒有什麼。」

他見他的母親，弟弟，清，——這時清又坐在窗邊。——他們都同一的低著頭，打著眉結，沒有說話。一邊就轉了一身，心裡想，

「無論我的壽命還有多少時候可以延長，無論我的疾病是在幾天以內斷送我，我總應敏捷地施行我自己的策略了！我的生命之處決已經沒有問題，現在，我非特可以解脫了我自己，我簡直可以解脫了我親愛的人們！他們都為我憂，他們都為我愁，他們為了我不吃飯，他們為了我個個憔悴。我還能希望輾轉幾十天的病，以待自然之神來執行我，使家裡多破了幾畝田的產，使他們多嘗幾十天的苦味麼？我不行了！我還是嚴厲地採用我自己的非常手段！」

想到這裡，他腦裡狠狠地一痛。停一息又想，

「我這次的應自殺，正不知有多少條的理由，我簡直數都數不清楚。我的病症報告我死的警鐘已經敲的很響，我應當有免除我自己和人們的病的苦痛的方法。妻的突然的死，更反證我不能再有三天的太無意義的拖長的活了！我應當立即死去，我應當就在今夜。」

又停一息，又想，

「總之，什麼母弟，什麼家庭，現在都不能用來解釋我的生命之應再活下的一方向的理由了！生命對於我竟會成了一個空幻的殘象，這不是聖賢們所能料想的罷？昨夜，我對於自己的生命的信念，還何等堅實，著力！而現在，我竟不能說一句「我不願死！」的輕輕的話了！唉！我是何等可憐！為什麼呢？自己簡直答不出來。生命成了一團無用的渣滓，造物竟為什麼要養出我來？──媽媽！」

想到這裡，他又叫「媽媽！」於是他母親又急忙問，

「兒呀，什麼？」

「沒有什麼。」他又睜開眼看了一看答。

接著，他又瞑目的想，

「我至今卻有一個小小的領悟，就是從我這顛倒混亂的生活中，嘗出一些苦味來了！以前，我只覺得無味，現在，我倒覺得有些苦味了！在我是無所謂美麗與甜蜜，──好像上帝贈我的字典中，沒有這兩個字一樣！──就是母親坐在我的身邊，還有人用精神之藥來援救我，但我從她們唇上所嘗到的滋味還是極苦的！唉，我真是一個不幸的勝利者呀！我生是為這樣而活，我死又將為這樣而死！活了二十幾年，竟帶了一身的苦味而去，做一個浸在苦汁中的不腐的模型，我真太苦了！」

這時他覺得心非常悲痛，但已沒有淚了！

一邊，和伯挑被鋪回來。在和伯的後面，他精神的母親也聚著眉頭跟了來。

　　她走進房，他們一齊苦笑一下臉。她坐在鼉的床邊。鼉又用他淚流完了的眼，向她看了一看。這一看，不過表示他生命力的消失，沒有昨晚這般欣愛而有精神了。

　　房裡十二分沉寂，她來了也沒有多說話。當時他母親告訴她，——已吸了幾盅鴉片，現在安靜一些。以外，沒有提到別的。她看見床前的痰盂中的血，也駭的什麼都說不出來。

　　過去約二十分鐘，天色更暗下來，房內異樣悽慘。他母親說，

　　「點燈罷！」

　　「不要，我憎惡燈光。」

　　鼉低聲說。他母親又問，

　　「你也要吃點稀粥麼？你已一天沒有吃東西了！」

　　「我不想吃，我也厭棄吃！」

　　「怎麼好呢？你這樣憎惡，那樣厭棄，怎麼好呢？」

　　「媽媽，你放心，我自然有不憎恨不厭棄的在。不過你假如不願，那就點燈和燒粥好了。」一邊命瑀說，

　　「瑀，你點起燈來罷。」

　　一邊瑀就點起燈來，可是照的房內更加慘淡。

　　這時清說，「我要回去，吃過飯再來。」鼉說，

　　「你也不必再來，橫是我也沒有緊要的事。這樣守望著我像個什麼呢？你也太苦痛，我也太苦痛，還是甩開手罷！」

　　清模糊的沒有答。他停一息又說，

「我要到門外去坐一息，房裡太氣悶了。」

他母親說，

「外邊有風呵，你要咳嗽呢！你這樣的身子，怎麼還好行動呀？」

實際，房裡也還清涼，可是蠡總說，

「媽媽，依我一次罷！」

他母親又不能不依。搬一把眠椅，扶他去眠在門外。這時，看他的行走呼吸之間，顯然病象很深了。

清去了，寺裡的婦人和瑀陪在他旁邊。當他們一坐好，他就向他精神的母親苦笑地說道，

「哈，我不會長久，無常已經穿好他的芒鞋了！」

於是她說，

「你何苦要這樣想？這種想念對於你是無益的。」

「沒有什麼有益無益，不過閒著，想想就是了。」「你還是不想，靜靜地養著你自己的心要緊。」

「似不必再想了！」

他慢慢的說了這句，就眼望著太空。太空一片灰黑的，星光一顆顆的明顯而繁多起來。

但他能夠不想麼？除非砍了他的腦袋。他一邊眼望太空，一邊就想起宇宙的無窮和偉大來，又聯想到人類歷史的短促，又聯想到人類無謂的自擾。這樣，他又不覺開口說了，

「你看，科學告訴我們，這一圈的天河星，它的光射到地

球，要經過四千年，光一秒鐘會走十八萬哩，這其間的遙闊，真不能想像。可是現在的天文家還說短的呢，有的星的光射地球，要有一萬年以上才能到！宇宙真是無窮和偉大。而我們的人呀，活著不過數十年，就好似光陰享用不盡似的，作惡呀，造孽呀，種種禍患都自己拚命地製造出來。人類真昏愚之極！為什麼呢？為這點獸性！」

這樣，他精神的母親說，

「你又何必說他？這是無法可想的。」

她有意要打斷他的思路，可是他偏引伸出來，搶著說，

「無法可想，你也說無法可想麼？假如真的無法可想，那我們之死竟變作毫無意義的了！」

「因為大部分的人，生來就為造孽的。」

「這就為點獸性的關係呵！人是從猿類變化出來，變化了幾萬年，有人類的歷史也有四千多年了，但還逃不出獸性的範圍！它的力量真大喲，不知何日，人類能夠驅逐了獸性，只是玩弄牠像人類驅逐了猴子只拿牠一兩隻來玩弄一樣。你想，也會有這種時候麼？」

「有的。可是你不必說他了，你身子有病。」

「正因為我身子有病，或者今夜明天要死了，我才這樣的談呢！否則，我也跟著獸性活去就是，何必說他呢？」

她聽了更悲感地說，

「你還是這樣的胡思亂想，你太自苦了！你應看看你的弟

弟，你應看看你的母親才是。他們所希望者是誰？他們所等待者是誰？他們所依賴者又是誰呀？你不看看眼前的事實，倒想那些空的做什麼呢？」

「哈！」他冷笑了一聲，接著說，「不想，不想。」

「你應當為他們努力修養你自己的病。」靜寂了一息，又慰勸，

「做人原是無味的，不過要從無味中嘗出美味來。好似嚼淡飯，多嚼自然會甜起來。」

「可是事實告訴我已不能這樣做！我對於昨夜的懺悔和新生，應向你深深地抱歉，抱歉我自己的不忠實！事實逼我非如此不可，我又奈何它？第一，妻的死；我不是讚美她的死，我是讚美她的純潔。第二，我的病，──」但他突然轉了方向說，

「那些不要說罷，我總還是在醫病呵。否則，我為什麼買鴉片來止血？至於說到生命的滋味，我此刻也有些嘗出了。不過我嘗出的正和你相反，我覺得是些苦味的！但是我並不怎樣對於自己的苦味懷著怨恨，詛咒。我倒反記念它，尊視它，還想從此繼續下去，留之於永遠！」

同時，他的老母從裡邊出來說道，

「說什麼呵？不要說了！太費力氣呢！」

這樣，她也覺得恍恍惚惚，話全是荒唐的。瑪也坐在旁邊聽的呆去。

天有九分暗，兩人的臉孔也看不清楚。她想，—— 再坐下去，路不好走，又是溼的，話也說過最後的了，還是走罷。她就立起來，忠懇的向蠲婉和地說，

「我極力望你不要胡思亂想，靜養身體要緊。古來大英雄大豪傑，都是從艱難困苦，疾病憂患中修養出來，磨練出來的。」

蠲也沒有說，只點了一點頭。

她去了，蠲也領受了他母親的催促，回進房內。

第十五　送到另一個國土

一時他又咳嗽，他的母親又著急。他向他母親說，

「再給我吃一次鴉片罷，這一次以後不再吃了。」

他母親當然又依他。不過他母親說，

「單靠鴉片是怎麼好呢！」

於是他又吃了兩盅鴉片。這樣，他預備將煙筒，燈，盤等送去還清。

到九時，他又咳出一兩口的血來。周身又漸漸發熱，以後熱度竟很高，冷汗也向背，手心湧滲。他的母親竟急的流出淚來，他卻安慰他的母親道，　── 語氣是十分淒涼，鎮靜。

「媽媽，妳去睡罷！我雖然還有點小咳，但咳的很稀，豈不是很久很久才咳一聲麼？我已經很無妨礙了！而且我的心裡非常平靜，和服，我倒很覺得自己快樂，病不久定會好了，媽媽，妳為什麼這樣不快活呢？妳也一天沒有吃飯，怎麼使我安心？媽媽，這個兒子是無用妳這樣擔憂，我是一個二十幾歲的人了，我並不同弟弟一樣小，我對於自己的病的好壞，當然很明白的，何勞妳老人家這樣憂心呢！媽媽，我實在沒有什麼，妳放心罷！」這時又輕輕的咳了一咳，接著說，「而且我這次的病好了以後，我當聽妳的話了！依妳的意思做事！以前我是由自己的，我真不孝！以後，我當順從媽媽了！媽媽叫我怎樣我

就怎樣，媽媽叫我在家也好，媽媽叫我教書也好，── 媽媽豈不是常常叫我去教書的麼？甚至媽媽叫我種田，我以後也聽媽媽的話！媽媽，妳不要憂愁罷！像我這樣長大的兒子，還要妳老人家擔這樣深的憂，我的罪孽太沉重。媽媽，妳聽我講的話，就可以知道我的病已經好了一大半，妳還愁什麼呢？」

他無力的說完。他母親插著說，

「你終究病很深呵！你說話要氣喘，身體又發熱，叫我怎麼可不愁呢？而且家景又壞，不能盡量設法醫你，我怎麼可不愁呵？一塊錢的鴉片，錢還是清付的。這孩子也太好，給他他也不要。不過我們天天要他付錢麼？」

這樣，蟲又說，── 聲音稍稍嚴重一點。

「媽媽，明天起我就不吃鴉片了！至於清，我們是好朋友，他絕不計較這一點。」

於是他母親又嘆息地說，

「那也還是一樣的！你不吃鴉片，你還得請醫生來醫。請一趟醫生，也非要三四元錢不可。來回的轎資就要一元半，醫金又要一元，還要買菜蔬接他吃飯。莫非我拋了你不醫不成？不過錢實在難設法！我方才向林家叔婆想借十元來，可以醫你的病，但林家叔婆說沒有錢呵，只借給我兩元。她哪裡沒有錢？不過因我們債多了，一時還不完，不肯借就是。兒呀，我本不該將這件事告訴你，不過你想想這種地方，媽又怎麼可不愁呵？」

蠡忍住他震破的心說道，

「媽媽！明天醫生不要請，我的病的確會好了！我要和病戰鬥一下，看病能纏繞我幾時？而且，媽媽！」語氣又變重起來，「一個人都有他的運命，無論生，死，都被運命注定的！雖則我不相信運命，醫有什麼用？」

他母親說，

「不要說這話了！莫非媽忍心看你血吐下去麼？至於錢，媽總還有法子的！你也不要想，你好了以後，只要肯安心教書，一年也可以還完。」

蠡睜大他已無淚的眼，向他母親叫一聲，

「媽媽！」

「什麼？兒呀！」

當他母親問他，他又轉去悲哀的念想，換說道，

「明天清來，我當叫清借三十元來給媽媽！」

「也不要這許多。他也為難，有父兄作主。」

「也叫他轉去借來，假如他父兄不肯。有錢的人容易借到，錢是要看錢的面孔的！」

她說，

「兒呀，有十五元，眼前也就夠了。」

蠡似罵的說，

「三十元！少一元就和他絕交！媽媽，你明天向他說罷！」

但一邊心內悲痛的想，

「這是我的喪葬費！」

接著，氣喘的緊，大聲咳嗽了一陣。

於是他母親說，

「兒呀，你睡罷！你靜靜地睡罷！你還是一心養病要緊，其餘什麼，都有我在，不要你用心！你睡罷。」

一息，又說，

「兒呀，你為什麼氣這樣喘呢？媽害你了，要將林家叔婆的事告訴你。但你不要想她罷！」

蠡就制止她的氣急說，

「媽媽，我好了，我不是。因我沒有吃東西，不過不想吃。明天一早，媽，妳燒好粥；我起來就吃！媽媽，妳也去睡罷。我，妳毋用擔心，憂愁，我好了。弟弟正依賴妳，妳帶他去睡罷。」

他母親說，

「他也不小了，自己會去睡的。你不要再說話，說話實在太費力。你睡，你靜靜的睡。我還想鋪一張床到這邊來，陪你，唯恐你半夜要叫什麼。」

而蠡半怒的說，

「媽媽，妳又何苦！這樣我更不安心了。妳睡到這間裡，瑀又要跟妳到這間來，── 他會獨自在那間睡麼？他而且很愛我的，不願離開我一步。但一房三人睡著，空氣太壞！媽媽，妳還是那邊睡罷！時候恐怕有十點鐘了，不早了，我也沒有什麼

話再說，我要睡了。」

「好的，」他母親說，「你睡，我那邊去睡。假如你半夜後肚餓，你叫我好了。」

「聽媽媽話。」

他答著，一邊就轉身向床裡。

於是他母親和弟弟也就低著頭，含著淚，走出房門。

他們一邊出去，一邊秋天的刑具，已經放在這位可憐的青年的面前了！毒的血色的刑具呵，他碎裂地心裡呼喊了起來，「到了！我最後的一刻到了！」

就坐了起來。這時他並不怎樣苦痛，他從容地走向那櫥邊，輕輕地將櫥門開了，伸他魔鬼給他換上的鷹爪的毛手，攫取那一大塊剩餘的鴉片。

「唉！鴉片！你送我到另一個國土去罷！這是一個微笑的安寧與甜蜜的國土，與天地悠悠而同在的國土！唉！你送我去罷！」

一邊他想，一邊就從那桌上的茶，將它吞下去了！好像吞下一塊微苦的軟糖，並不怎樣困難。

到這時，他又滴了一二顆最後的淚，似想到他母親弟弟，但已經沒有方法，……

一邊仍回到床上，閉上兩眼，態度從容的。不過頭漸昏，腹部微痛。一邊他想，

「最後了！謝謝一切！時間與我同止！」

一個生命熱烈的青年，就如此終結了。

次日早晨很早，他母親在床上對瑀說，

「我聽你哥哥昨夜一夜沒有咳嗽過。」

「哥哥已完全好了。」瑀揉著眼答。

於是這老婦人似快活的接著說，

「鴉片的力量真好呀！」

一邊她起來。

時候七時，她不敢推她兒子的房門，唯恐驚擾他的安眠。八時到了，還不敢推進。九時了，太陽金色的在東方照耀的很高，於是她不得不推門進去看一看這病已完全好了的兒子。但，唉！老婦人盡力地喊了起來，

「蠱呀！蠱呀！蠱呀！我的兒！你死了？蠱呀！你死了？蠱呀！你怎麼竟……死……了……」

老婦人一邊哭，一邊喊，頓著兩腳。而蠱是永遠不再醒來了！

瑀和和伯也急忙跑來，帶著他們失色的臉！接著，他們也放聲大哭了！

怎樣悲傷的房內的一團的哭聲，陽光一時都為它陰沉。

幾位鄰舍也跑來，他們滴著淚，互相悲哀的說，

「一定鴉片吃的過多了！一定鴉片吃的過多了！」

「鴉片，時候大概是在半夜。」

「沒有辦法了！指甲也黑，胸膛也冰一樣！」

「究竟為了什麼呢？到家還不過三天？」

「他咳嗽的難過，他想咳嗽好，就整塊地吞下去了！」

「可憐的人，他很好，竟這樣的死！」

「沒有法子，不能救了！」

「……」

「……」

死屍的形狀是這樣，他平直的展臥在床上，頭微微向右，臉色變黑，微含愁思，兩眼閉著，口略開，齒亦黑。兩手寬鬆的放著指。腹稍膨脹，兩腿直，赤腳。

但悲哀，苦痛，在於老母的嚎哭，弱弟的涕淚，旁人們的紅眼睛與酸鼻。

這樣過了的一點鐘。老婦人已哭的氣息奄奄，瑪也哭的暈去。旁人們再三勸慰，於是母親摟著瑪說，神經昏亂地，

「兒呀，瑪，你不要哭！你為什麼哭他？他是短命的。我早知道他是要短命。回家的當夜，他說的話全是短命的話！瑪呀，你不要哭！不要再哭壞了你！這個短命的隨他去！我也不葬他了！隨他的屍去爛！他這三天來，時時刻刻顛倒，發昏！口口聲聲說做人沒有意味！他現在是有意味了，讓他的屍給狗吃！瑪，你不要哭！你再哭壞了，叫我怎樣活呢？我還有你，我不心痛！你這個狠心短命的哥哥，他有這樣的一副硬心腸，會拋了我和你去，隨他去好了！你不要哭！你為什麼哭他？昨天可以不要尋他回來，尋他回來做什麼？正可以使他倒路屍

死！給狼吃了就完！我真錯了！兒呀！你不要哭！……」

一邊，和伯和幾位鄰人，就籌備他的後事。

消息倏忽地傳遍了一村，於是清眼紅的跑來！

清一見他的屍，—— 二十年的朋友，一旦由病又自殺；他不覺放聲號哭了一頓。但轉想，他的死是無可避免的，像他這個環境。

一邊，清又回到家裡，向他父親拿了五十元錢，預備給他的故友築一座浩大的墓。

下午，消息傳到了謝家，於是他岳父派人到瑪的母親的面前來說，—— 兩個短命的偏見的人應當合葬。他們生前的臉是各視一方，死後應給他們在一塊。而且他們的心是永遠結聯著，關照著，在同一種意義之下死的。

清慫恿著，瑪的母親也就同意。

地點就在埠頭過來的小山的這邊的山腳，一塊大草地上。葬的時候就在下午四時。因為兩家都不願這死多留一刻鐘在家內。

喪事完全預備好，幾乎是清一手包辦。這位老婦人也身體發熱，臥倒床上。但當蠱的棺放在門口的時候，她又出來大哭了一頓，幾乎哭的死去。兩位鄰婦在旁慰勸著。

蠱睡在棺內十分恬靜。他的衣褲穿的很整齊，幾乎一生少有的整齊。身上一條紅被蓋著，從眉到腳。清更在他頭邊放兩疊書，湊一種說不出的幽雅。

　　四時，�退和他的妻就舉行合葬儀式。在那村北山腳的草地上有十數位泥水匠掘著地。她的棺先到。他的棺後到一刻，清和瑀兩人送著，兩人倒沒有哭。於是兩口棺就同時從鑼聲中被放在這個墓內。

第十六　餘音

第三日日中，偉到清的家裡。清一見偉，就含起淚說，

「蠶哥已死了！」

「已死了？」

偉大駭地問。清答，

「前前夜，用鴉片自殺的！」

「自殺的？」

偉幾乎疑作夢中。清低聲答，

「血已吐的很厲害，還要自殺！」

偉氣喘，兩人呆立著。五分鐘，偉說，

「我接到你的信，立刻動身，我以為總能和他訣別幾句話，誰知死的這樣快！現在只好去見他變樣的臉孔了！」

清說，

「而且已經葬了，和他的妻合葬的。你來所走過的那條嶺的這邊山腳，你沒有看見一壙很大的新墳麼？就是他們倆人長眠之所。」

「急急忙忙的走來，誰留心看新墳。唉！想一見朋友的面，竟不可能！現在只好去拜謁他倆的墓。」

「先吃了飯。」

「不，先去看一看他倆的墓。」

於是兩位青年，就低頭，向著村北小山走去。

路里，清又將他的妻的死的大概，重新報告了一些。接著，又說到他，

「倆人都太激烈。我是料到他的死，但沒有說完最後的話。」

偉接著說，

「在被壓迫於現代的精神和物質的兩重苦痛之下，加之像他這樣的急烈，奔放，又有過分的感受性的人，自殺實在是一回注定的事。否則只有，──，此外別無路可走！」

偉沒有說清楚，清問，

「否則只有什麼呢？」

「口汗！」偉苦笑一笑，著重地說，

「只有殺人！」

停一忽又說，

「他為什麼不去殺人！以他的這副精神，熱血，一定能成就一些鐵血犧牲的功績！」

「他的妻的死耗，實在震破他的耳朵！竟使他逃避都來不及！」

兩人靜默了一息。清說，

「我對他的死應當負幾分責任。」

「為什麼？」

偉抬頭向清，清含淚答，

「他自殺的鴉片，是我買來送他的。竟由我的手送他致死的禮物，我非常苦痛！」

「那末他妻的自殺的線是誰送給她的呢？」

很快的停一息說，

「你又發痴，要自殺，會沒有方法麼？」

兩人又默然。

他們走近這黃色新墳約小半裡。清說，

「前面那株大楓樹的左邊，那座大墓就是。在那墓內是臥著我們的好友和他的妻兩人。」

「好，」偉說，「我也不願再走近去！」

一轉，又說，

「不，還是到他倆的墓邊去繞一週罷。」

清向他做笑的看了一眼，似說，

「你直衝的人，現在也會轉起圓圈來。」

偉向他問，

「什麼？」

清卻又沒有直說，只說，

「是的，我們到他倆的墓邊去繞一週。」

兩人依仍走。偉說，

「我們未滿青年期的人，竟將好友的夫妻的墓，來作憑弔，真是稀奇的事！」

兩人走到了新墳，又默默地在墓周繞走了兩圈。墓很大，

293

周圍約八十步，頂圓，竟似一座小丘。

兩人就坐在墓邊的一株老楓樹下。偉說，

「你想起那天上海他罵我們的一番話麼？」

「想起的，」清答，「罵的很對呢！我們的生活，實在太庸俗了！」

「所以，我們應該將我們這種社會化的生活，根本改變一下才是。」

「我也這樣想，」清語句慢慢的，「我們應以他倆的死為紀元。開始我們新的有力的生活。」

「我已打定了主意。」

偉說，清問，

「怎樣呢？」

「上海的職辭了。迷戀都市有什麼意思？家鄉的人們，囑我去辦家鄉的小學，我已承受。同時，我想和鄉村的農民攜手，做點鄉村的理想的工作。」

「職已辭了麼？」

「沒有，等這月完。不過他們倒很奇怪。我說要辭職，他們就說下月起每月加薪十元。我豈又為這十元來拋棄自己的決定麼？我拒絕了。」

「好的。」清說，「我也要告訴你！」

「你又怎樣？」

偉問。清苦痛的說，

「這幾天我的哥哥竟對我很不滿意，不知為什麼緣故，家中是時常要吵鬧。昨夜父親向我說，── 你兄弟兩個應當分家了！年齡都大，應當各人謀自己的生活去。免得意見太多，使鄰里也看不慣。── 我的家產你也知道的，別人說我是有錢，實際一共不到六萬的樣子。假如分的話，我只有得三分之一，那二萬元錢，依我心也不能怎樣可以分配。你想，我莫非還要依靠遺產來生活麼？因此，我很想將它分散了。我的家產的大半是田地，我當對農民減租，減到很少。第二，我決計給瑪弟三千元。一千元給他還了債，二千元給他做教育基金。我已對瑪的母親說明了。── 當說的時候，這位老母竟對我緊緊的摟著大哭起來。至於我自己呢，我要到外國讀書去，德國，或俄國，去研究政治或社會。這樣，我也有新的目的，我也有新的路。你以為這怎麼樣？」

「好的，這是完全對的。」偉答。

「我想，思想學問當然很重要，單靠我們腦袋的這點知識，是不能應付我們的環境的複雜和偉大的。」

「是的，我想我國不久總要開展新的嚴重的局面。我們青年個個應當磨練著，積蓄著，研究著，等待著。」

兩人苦笑一下。一息，偉又說，

「假如你真分了家，那我辦的小學，先向你捐一千元的基金。」

「好的。」

「你的父母怕不能如你所做麼？」

「以後我是我自己的人。」

兩人又靜默一息。

風是呼呼地搖著柏樹，秋陽溫暖地落在龘倆的墓上。

於是兩人又換了意景，清說，

「他倆是永遠休息了！倒一些沒有人間的牽掛與煩慮！我們呢，我們的身受，正還沒有窮盡！」

「但我們應以他倆的死，加重了人生的意義和責任。」

「死的本身實在是甜蜜的。」

「意義也就在生者的身上。」

「但他倆究竟完全了結了麼？」

清奇怪的問，偉答，

「還有什麼呵！」

「我倒還有一事。」一息以後清說。

「什麼呢？」偉問。

「我想在他倆的墓上，做一塊石的紀念碑。因為他倆的死，是值得我們去紀念的。但想不出刻上什麼幾個字好。」

「你有想過麼？總就他倆的事實上講。」

「太麻煩了又討厭。僅僅買得後人的一聲嗚嘆也沒有意思。」

「那末做首簡短的詩罷。」

停一息，清說，

「我想簡簡單單的題上五個大字，『舊時代之死！』上款題著他倆的名字，下款題著我們的名字。」

「好的，」偉立時贊成，「很有意思。他倆是我們這個時代的犧牲品，他倆的生下來，好像全為這個時代作犧牲用的。否則，他倆活了二十幾年有什麼意思呢？他倆自己沒有得到一絲的人生幸福，也沒有貢獻一絲的幸福給人類，他們的短期間的旅行，有什麼意思呢？而且他倆的本身，簡直可算這個時代的象徵！所以還有一個解釋，我們希望這舊時代，同他倆一同死了！」

偉大發牢騷，清向他苦笑的一看說，

「就是這樣決定罷。下午去請一位石匠來，最好明天就將這塊石碑在他倆的墓邊豎起來。」

一邊，兩人也從草地上牽結著手，立起身來。

一九二六年六月二十六日，夜半，初稿作於杭州。

一九二八年八月九日，午前九時，謄正於上海。

電子書購買　　爽讀 APP

國家圖書館出版品預行編目資料

舊時代之死：幾日的掙扎與自我懷疑，以死亡
打響人類的醒鐘 / 柔石 著 . -- 第一版 . -- 臺北市
：崧燁文化事業有限公司 , 2023.10
面；　公分
POD 版
ISBN 978-626-357-591-2(平裝)
857.7　　112013302

舊時代之死：幾日的掙扎與自我懷疑，以死亡打響人類的醒鐘

臉書

作　　者：柔石

發 行 人：黃振庭

出 版 者：崧燁文化事業有限公司

發 行 者：崧燁文化事業有限公司

E - m a i l：sonbookservice@gmail.com

粉 絲 頁：https://www.facebook.com/sonbookss/

網　　址：https://sonbook.net/

地　　址：台北市中正區重慶南路一段六十一號八樓 815 室

Rm. 815, 8F., No.61, Sec. 1, Chongqing S. Rd., Zhongzheng Dist., Taipei City 100,
Taiwan

電　　話：(02)2370-3310　　　傳　　真：(02) 2388-1990

印　　刷：京峯數位服務有限公司

律師顧問：廣華律師事務所 張珮琦律師

-版 權 聲 明

定　　價：399 元

發行日期：2023 年 10 月第一版

◎本書以 POD 印製

Design Assets from Freepik.com